O mercador de Veneza

William Shakespeare

Adaptação
LEONARDO CHIANCA

Ilustrações
SERGIO MARTINEZ

DIRETOR EDITORIAL	Raul Maia Junior
EDITORA EXECUTIVA	Otacília de Freitas
EDITOR DE LITERATURA	Vitor Maia
EDITORAS ASSISTENTES	Camile Mendrot Pétula Lemos
PREPARAÇÃO DE TEXTO	Renato Potenza
ELABORAÇÃO DE TEXTO COMPLEMENTAR	Claudio Blanc
REVISÃO	Camila Kintzel Cátia Pietro da Silva Fernanda Almeida Umile Janaína Mello Elmo Odorize
PESQUISA ICONOGRÁFICA	Mônica de Souza
PROJETO GRÁFICO	Vinicius Rossignol Felipe
DIAGRAMAÇÃO	Thiago Nieri
CAPA	Thiago Nieri, com ilustração de Sergio Martinez

Textos em conformidade com as novas regras ortográficas do Acordo da Língua Portuguesa

Dados Internacionais de Catalogação na Publicação (CIP)
(Câmara Brasileira do Livro, SP, Brasil)

Chianca, Leonardo
O mercador de Veneza / William Shakespeare; adaptado por Leonardo Chianca; [ilustrado por Sergio Martinez]. — São Paulo: Editora DCL, 2008.

Título original: The merchant of Venice.
ISBN 978-85-368-1805-4

1. Literatura infantojuvenil I. Shakespeare, William, 1564-1616. II. Martinez, Sergio. III. Título.

08-00538 CDD – 028.5

Índices para catálogo sistemático:

1. Literatura infantojuvenil 028.5
2. Literatura juvenil 028.5

1ª edição

Editora DCL
Rua Manuel Pinto de Carvalho, 80 – Bairro do Limão
CEP 02712-120 – São Paulo – SP
Tel.: (0xx11) 3932-5222
www.editoradcl.com.br

Sumário

1. A tristeza de Antônio

Naquele dia ensolarado de inverno, a tristeza de um homem contrastava com o clima efervescente da linda cidade de Veneza, que, no final do século XVI, se apresentava como um dos mais movimentados centros de comércio do Ocidente, frequentado por mercadores de toda a Europa. Esse homem era Antônio, comerciante rico e respeitado por todos os cristãos venezianos e estrangeiros. Um mercador de prestígio e generosidade, capaz de ajudar os amigos sem nada cobrar em troca.

Naquele final de manhã, em fevereiro de 1596, na sala de jantar de seu fabuloso palácio às margens do Grande Canal, Antônio estava triste, profundamente triste.

– Na verdade, não sei explicar o motivo dessa minha tristeza. Não sei de onde ela veio, mas sei que me cansa e que me tomou como uma peste!

– Ora, homem, ainda não tocou na sopa... Já deve estar fria... Além do ânimo, também perdeu a fome!? – comentou Salério, raspando o fundo do prato.

– Não creio, nada disso! – interrompeu Solânio, apontando para Antônio, debruçado sobre uma enorme janela, o olhar perdido sobre as águas do canal que cortava a cidade ao meio. – Nosso querido amigo está com a cabeça em outro mundo.

– No mar?

– Só pode ser... É só soprar levemente este caldo, nesta terrina, para imaginar o desastre que uma ventania pode provocar em alto-mar. Se eu estivesse com todos os meus navios entregues à sorte de Netuno, também estaria com essa expressão preocupada. Na certa, caro Salério, Antônio deve estar pensando em suas mercadorias, em rotas marítimas, em portos, em dívidas...

– Mas olhe bem para ele, Solânio... Não vê que nossas palavras nem chegam aos seus ouvidos?

– Bem, talvez ele esteja com a cabeça em outro tipo de mundo...

– Ah! Amor? – provocou Salério.

– Só pode ser...

– Calem a boca! – esbravejou Antônio, voltando o olhar para o aposento, irritado com as suposições levantadas por Salério e Solânio.

Sempre solitário, o mercador Antônio honrava a fama de homem seguro e firme em seus negócios. Certamente não estaria pensando em seus carregamentos de especiarias, perfumes, algodão, seda, coral, âmbar e até armamento. Não, aquela misteriosa expressão provavelmente ocultava algum segredo delicado.

– Vocês acham que confiaria toda a minha riqueza em um único navio e em um só lugar? Meu patrimônio não corre riscos. Não, não é por isso que estou triste, assegurem-se! – afirma Antônio ao avistar Bassânio se aproximando.

– Então...

– Então o quê? – irrita-se o mercador. – Sabem de uma coisa... Esta melancolia me faz um tolo de tal tamanho que já não sei mais quem sou ou o que digo.

– Não tenho mais dúvidas. É certo! – arrisca Solânio, cutucando Salério. – Nosso amigo está amando!

– Parem com isso! Deixem-me em paz! Não é nada do que pensam...

– Está bem, está bem... Então posso afirmar: está triste por não estar alegre! – sentencia Salério, puxando Solânio em direção à porta da rua. – Lá vem Bassânio... Melhor nos retirarmos e deixarmos a encrenca para quem se aproxima. Deus me livre, há quem não mostre os dentes nem que os céus contem a melhor piada de toda a Europa!

E voltam as costas para Antônio, deixando-o com sua sisudez incontrolada, enquanto Bassânio, Lorenzo e Graziano entram no palácio.

Lorenzo vai logo avisando:

– Desculpem-me, senhores, mas agora que Bassânio encontrou aquele a quem procurava – e apontou para Antônio –, eu e Graziano vamos partindo. Tenho de cortejar uma dama...

– Hummm... E por acaso pode nos revelar que dama é essa? – pergunta Bassânio.

– A encantadora filha de um rico judeu que vive no gueto.

– Tem nome essa judia?

– Que ninguém nos ouça... Conto-lhe em segredo: Jéssica.

– Não creio, a filha de Shylock?! – espanta-se Bassânio.

– Segredo, senhor, segredo... Bem, precisamos ir... Nos vemos mais à noite, durante o jantar... Não se esqueçam do nosso compromisso, hein?

Mas Graziano, sempre inconveniente, provoca Antônio, sem saber de sua irritação:

– Parece-me triste, senhor Antônio. Está com uma cara de preocupação... Não leve o mundo tão a sério, bem sabe que ele dá voltas o tempo todo!

Bassânio leva as mãos ao rosto, em desaprovação aos comentários de Graziano. Mas Antônio se antecipa:

– Pode deixar, Bassânio, eu posso cuidar disso. Meu caro Graziano, para mim o mundo é só o mundo, nada mais. É um palco em que cada um tem o seu papel, e o meu é o de ser triste! Permite, ou será que é pedir muito, que eu seja o que sou?

Bassânio fuzila Graziano com o olhar, sugerindo que vá embora o quanto antes. Mas ele continua:

– Não sou nenhum bobo, Antônio. Guarde essa cara de velho sábio para quem precisar dela. Não atire sua melancolia como isca, pois atrai pesca pobre! – diz, pomposo, para, em seguida, receber um puxão de Lorenzo para que saiam de uma vez. Bem, se não querem me ouvir agora, serei sábio em meu silêncio. Mas saibam que, após a ceia, farei meu discurso, estejam preparados – anuncia, saindo às pressas.

Antônio e Bassânio entreolham-se, cúmplices. E sorriem.

– Entendeu alguma coisa? – pergunta Antônio.

– Nada... Ninguém em Veneza é capaz de falar tanto sem dizer nada! Graziano, às vezes, diz uma imensidão de nadas! Não perca seu tempo tentando ver sentido no que não há...

– É verdade...

Antônio e Bassânio, apesar de amigos íntimos, sentem-se pouco à vontade. Bassânio havia dito que tinha algo importante a revelar ao amigo, o que fez Antônio logo desconfiar de que só poderia ser sobre uma misteriosa mulher a quem vinha cortejando havia muito tempo.

– Então, o que tem para me contar?

– Muita coisa, Antônio, muita coisa... Mas não sei bem por onde começar...

– É fácil, meu amigo: do princípio. Vamos dar uma volta e você me conta tudo sobre essa moça por quem está apaixonado. Venha, venha... Vista seu casaco e vamos caminhar.

2. A ambição de Bassânio

Antônio e Bassânio deixaram o palácio do mercador e seguiram caminhando por vielas até o Campo San Polo, uma larga praça que já se preparava para os festejos do carnaval veneziano, dali a uma semana. Um cachorro, que corria solto pelo Campo, assustando a todos, acabou por divertir os dois amigos.

– Só você mesmo, querido Bassânio, para me atirar na vida com um sorriso nos lábios.

– Ora, meu grande amigo, sempre que eu puder lhe dar um pouco de alento e felicidade, você bem sabe que o farei com o maior dos prazeres.

– Está bem, aceito a sua amizade sincera. Agora trate de me contar: quem é essa famosa dama a quem pretende cortejar como um peregrino?

– É uma história tão ingrata quanto complicada, caro Antônio... Você sabe que dilapidei toda a minha fortuna, que já não era muita, tentando parecer quem jamais poderia ser. E nem me queixo de agora ter de abandonar o alto padrão de vida em que vivia. Estou mesmo preocupado é em saldar as dívidas que contraí durante esse período...

– Dívidas? Mas a quem mais você está devendo?

– Na verdade, é a você a quem mais devo, uma grande dívida em dinheiro e também em afeto! E é desse afeto que arranco estímulo para revelar meus planos.

– Que planos, Bassânio? – Antônio pergunta, sem ocultar a preocupação.

– Pretendo me livrar de todas as dívidas que tenho de uma só vez! – respondeu ele, entusiasmado, segurando os ombros de Antônio com as duas mãos.

– Conte-me logo, amigo. Se seus planos forem honestos, bem sabe que estarei sempre disposto a lhe ajudar... Terá minha bolsa e tudo o que possuo a seu dispor!

Os olhos de Bassânio brilharam ao sentir a confirmação de que podia de fato contar com Antônio para alcançar seus objetivos. Abraçou-o seguidas vezes em gratidão e alegria. Em seguida, confidenciou, emocionado:

– Em Belmonte vive uma rica e preciosa herdeira, muito linda, e de grandes virtudes. Algumas vezes cheguei a perceber que seus silenciosos olhos me enviavam mensagens de grande admiração e afeto... – dizia Bassânio ao perceber que Antônio parecia desfalecer, branco como um fantasma. – O que foi, não se sente bem, amigo?

– Não é nada... Vamos nos sentar logo ali...

Bassânio amparou o amigo até o banco.

– Pronto, já estou melhor. Agora, conte-me mais...

Bassânio encheu o peito de orgulho e os olhos de lágrimas para pronunciar o nome de sua pretendida:

– Pórcia, Pórcia é o nome dela! E não há no mundo quem ignore o seu valor. Os quatro ventos do Ocidente e do Oriente trazem renomados pretendentes... E é então que você entra, Antônio: se eu tiver meios concretos de rivalizar com eles, estou certo de que serei afortunado! Entende o que digo?!

Nesse momento uma grande nuvem cobriu o sol. Antônio levantou-se, tremendo de frio, mas logo se controlou, respirando fundo. Seu rosto mesclava tristeza com espanto. Preocupava-se com a obsessão de Bassânio, tão seguro de suas ações. Mas o desejo de comprovar que estaria ao lado do amigo em qualquer situação não lhe deu alternativa. Convidou Bassânio para que retomassem a caminhada, de volta a sua casa. Logo nos primeiros passos, anunciou:

– No momento, como você sabe, toda a minha fortuna está no mar. Não tenho ouro nem mercadorias para levantar muito dinheiro. No entanto, você pode averiguar em Veneza como anda o meu crédito – afirmou, para alívio de Bassânio. – Tudo o que conseguir em meu nome poderá levar para Belmonte e sua Pórcia.

– Oh, Antônio, que maravilha! – vibra Bassânio no meio da rua, demonstrando com gestos de entusiasmo todo o seu contentamento.

– Pergunte pelos quatro cantos de Veneza onde há dinheiro. Se houver quem o empreste, seja por amizade ou por interesse, não importa. O que conseguir será seu!

3. Quantos pretendentes!

elmonte era um enorme palácio, afastado de Veneza, no continente, às margens do Adriático. Quem chegava pelo mar atracava seu barco e atravessava um imenso jardim decorado por plantas exóticas de vários cantos do mundo.

A fachada do exuberante palácio era toda decorada em pedras lápis-lazúli, escarlate e dourado, além de mármore trabalhado e ornado com cores brilhantes. À primeira vista, qualquer visitante julgaria estar chegando ao paraíso em terra.

No palácio de Belmonte vivia Pórcia, única filha de um rico viúvo já falecido, que deixou instruções sobre o futuro da filha em seu testamento. Nele, preocupado por deixar a jovem sem mãe ou quem a orientasse, estabeleceu uma espécie de rifa matrimonial: Pórcia se casaria com o pretendente que acertasse o enigma proposto em três arcas – de ouro, prata e chumbo. Uma das arcas continha um retrato dela, mas, para descobrir em qual, haveria que se decifrar um ambíguo e enganoso enigma.

Assim, chegavam a Belmonte os pretendentes de vários cantos do mundo, entre nobres e príncipes, todos eles tão ou mais ricos do que a herdeira solitária.

Apesar de viver sem os pais, Pórcia estava sempre rodeada de criados, dezenas deles, todos a seu dispor. Uma dessas pessoas, muito próxima a Pórcia, era Nerissa, sua dama de companhia, verdadeira amiga.

É com Nerissa que Pórcia confidencia seus mais íntimos segredos e desejos. E um lamento:

– Estou cansada, Nerissa, de ter de lidar com um mundo tão grande à minha volta.

– Ora, madame, sua dor é medida pelo tamanho de sua sorte. Parece que sofrem tanto os que têm excesso como os que passam fome! Acho que é mais fácil ter um pouco menos... Dinheiro demais traz cabelos brancos!

– Bem pensado... Mas agir não é tão fácil como saber o que se quer, senão as capelas seriam catedrais, e os casebres, verdadeiros palácios.

– Mas qual é o seu dilema, madame?

– Como escolher um marido? Aliás, que ironia falar em escolha... Não posso escolher quem eu quero nem recusar quem não me interessa. A vontade de uma filha viva é governada pelas regras ditadas por um pai morto!

Pórcia aponta para o retrato do pai na parede. Um sentimento de amor e incompreensão toma conta de si. Por que seu pai teria deixado instruções tão rigorosas sobre seu futuro, se não estaria a seu lado para desfrutá-lo ou censurá-lo?

– Na verdade, acho que seu pai era um homem sábio. Não tenho dúvidas de que sabia que aquele que fizer a escolha certa será também a pessoa a quem a senhora certamente amará.

– Como posso saber?

– É fácil... Responda à minha pergunta: qual dos candidatos nobres ou principescos que se apresentaram até agora para desposá-la lhe provocou algum afeto sincero? Acaso já gostou de algum?

– Também é fácil responder. Faça o seguinte: vá dizendo seus nomes e eu os descreverei da maneira como pude percebê-los. Pela minha descrição poderá avaliar o meu afeto. Mas venha comigo, vou tocar enquanto respondo...

Pórcia caminhou até a sala de música, sentou-se ao piano e pôs-se a tocar uma música do compositor veneziano Claudio Monteverdi, que ouvira pela primeira vez na companhia de seu pai. Nem bem começou a executar um madrigal, Nerissa passou a perguntar, um por um, sobre os pretendentes que já se apresentaram em Belmonte. Todos eles iriam ainda tentar decifrar o enigma das três arcas.

– Primeiro temos o príncipe de Nápoles...

– Bem, como os napolitanos adoram cavalos – Pórcia cantarolava em sincronia com a música –, poderia dizer que se trata de um belo potro. Sua maior qualidade, como poderia explicar... é a de saber colocar as próprias ferraduras. Temo que a senhora sua mãe tenha sido infiel com algum ferreiro.

– Já chega, senhora, creio que entendi... E o que me diz do conde Palatino?

– Esse só sabe franzir a testa... Como se estivesse querendo dizer: "Já que não gosta de mim, escolha logo de uma vez...". E se contamos uma história bem engraçada, ele nem sequer sorri... Parece tão triste enquanto é jovem, que acho que será um filósofo chorão quando envelhecer. Prefiro casar-me com uma caveira com um osso na boca do que com um desses dois. Deus me livre de pretendentes tão infelizes!

– Está bem, está bem... Mas e o nobre francês, monsieur Le Bom?

– Já que Deus o criou, vamos fingir que é um homem... Sei que é pecado rir dos outros, mas esse é demais! Em matéria de cavalo, é melhor que o napolitano, e franze mais a testa do que o conde Palatino. Ou seja: ele é todo mundo e ninguém! Basta um passarinho cantar e já sai dançando e ao mesmo tempo vive brigando com a própria sombra!

– Entendo, entendo... E o que me conta, então, de Faulconbridge, o jovem barão inglês?

– Não digo nada... O que poderia dizer? Ele não me entende, e eu também não entendo nada do que ele diz! Não sabe latim, nem francês, nem italiano, e você bem sabe que o meu inglês não me levaria até a Inglaterra... Assim, eu pergunto: como se pode conversar com uma "coisa" muda? Além do mais, a roupa dele, francamente, é muito esquisita!

– Mas desse modo não se casará com ninguém, madame!... Bem, e que opinião tem sobre o lorde escocês, vizinho do inglês Faulconbridge?

– Minha opinião é um tanto contaminada pelos conflitos entre os dois Estados: parece um vizinho correto, pois tomou umas bofetadas emprestadas do inglês e prometeu devolvê-las assim que fosse possível. Dizem que apresentou o francês como garantia, mas ele também acabou levando uns tabefes, por procuração.

– E ao certo também não gosta do nobre alemão, sobrinho do duque da Saxônia?

– Diria que pela manhã é bastante desagradável, por estar sóbrio, e à tarde é mais desagradável ainda, por estar bêbado. Ele é um pouco pior que um homem e um pouco melhor que um monstro... Ou seja, melhor distante dele do que perto, não é verdade!?

– Mas e se ele fizer a escolha certa? A senhora estaria desonrando a vontade de seu pai com uma recusa em aceitá-lo – afirma Nerissa, fazendo com que Pórcia pare de tocar e se levante, apreensiva.

– Oh, Nerissa, quando chegar a vez dele, coloque uma taça de vinho sobre o cofre errado, assim ele ficará tão tentado que não poderá se casar comigo. Farei qualquer coisa para não me casar com uma esponja embebida e fedorenta de tanto álcool!

Pórcia bem sabia, e estava conformada a isso, que teria de aceitar as regras colocadas por seu pai em testamento. Mas, se fosse para desposar um homem que não desejasse, preferiria que ninguém jamais acertasse a arca certa e se contentaria em viver sozinha para o resto da vida.

Nerissa lembrou-se então de um possível pretendente, um veneziano que esteve em Belmonte, quando o pai de Pórcia ainda era vivo, em companhia de um importante marquês.

– Lembro-me dele sim, Nerissa. Chamava-se Bassânio, e era tão lindo quanto educado...

– Não apenas lindo e educado, madame. Creio que entre todos os homens que a viram até hoje, esse pareceu ser o mais merecedor de uma nobre dama como a senhora.

– Agora lembrei-me mais... Eu não o vi apenas aqui em Belmonte. Vi-o também em uma apresentação de uma ópera de Monteverdi no teatro de Veneza. Papai até disse que me detive mais a admirá-lo que a prestar atenção no espetáculo... Na verdade, creio que não consegui tirar os olhos daquele homem fascinante!

– Hum, agora sim pude avaliar bem o seu afeto. Será que esse homem que foi capaz de alcançar tamanha estima irá se apresentar como pretendente?

4. Uma libra de carne

a poderosa República de Veneza, no final do século XVI, os judeus viviam confinados em um gueto, o gueto judeu, uma pequena ilha amuralhada dentro da cidade, trancada durante a noite por pesados portões e cadeados.

De dia, os homens que saíam do gueto eram obrigados a usar um chapéu vermelho que os identificava. Ainda assim, pelas ruas, vielas e canais da cidade, eles eram discriminados e muitas vezes ameaçados por cristãos intolerantes e raivosos.

O nobre mercador Antônio era um desses cristãos. E o agiota Shylock era um desses judeus.

Aos judeus não era permitida a posse de imóveis. Na verdade, eles podiam exercer apenas duas profissões: a de médico e a de agiota. Como médicos, por ironia do destino, viviam salvando vidas, a maioria delas de cristãos. Como agiotas, a ironia era ainda maior: tal prática era condenada em Veneza, mas era a própria aristocracia cristã que recorria a esses empréstimos de dinheiro com cobrança de juros. Quando se viam diante da ruína financeira ou da decadência de estilo de vida, tinham de fazer vistas grossas e pedir encarecidamente a um judeu que lhes emprestasse dinheiro.

E era justamente essa a situação vivida por Antônio e Bassânio, naquela tarde de ventos fortes, quando procuravam por um agiota que financiasse os planos do rapaz.

A ponte de Rialto, recém-inaugurada, estava repleta de comerciantes, mercadores, agiotas, prostitutas, enfim, venezianos que representavam todas as atividades e classes sociais. Ao lado da ponte funcionava o Mercado e também a Bolsa, lugar onde os mercadores costumavam reunir-se para realizar suas transações comerciais e financeiras.

Depois de consultar alguns amigos, Bassânio encontrou-se com Shylock, antigo agiota de Veneza, conhecido por sua gentileza e por sua eficiência nos negócios. Viúvo, sempre cuidou sozinho da filha Jéssica, agora moça de rara beleza. Estava saindo do Mercado, carregando uma libra de carne de cordeiro, o equivalente a quase meio quilo, embrulhada em um pano surrado, quando Bassânio o interpelou e perguntou-lhe se podia financiar o valor de que necessitava.

– Exatamente essa quantia, senhor – confirmou Bassânio.

– Três mil ducados? Isso é muito dinheiro, rapaz! – surpreendeu-se Shylock.

– Sim, senhor, é muito dinheiro, mas saiba que saldarei a dívida em três meses, no máximo!

– Três mil ducados em três meses... – Shylock chama seu criado Lancelote para acompanhá-lo. – Venham comigo...

– E como já lhe disse, Antônio se comprometerá por mim, será meu avalista.

– Três mil, três meses, Antônio avalista... Entre nesta sala para conversarmos melhor... Lancelote, traga-nos um pouco de água.

– Afinal, o senhor poderá me ajudar ou não? Pode me fazer esse favor? Pode me dar alguma resposta? – Bassânio se impacienta.

Mas Shylock segue pensativo, andando de um lado para outro, puxando a barba grisalha com os dedos, arrastando sua longa túnica negra, vermelha e branca...

– E Antônio será avalista... – repete mais uma vez, como se precisasse de mais um pouco de tempo para pensar melhor.

– Qual a sua resposta? – o impaciente Bassânio atropela.

– Ora, Antônio é um homem de bem, não é verdade? – Shylock pergunta, sem demonstrar se está sendo sincero ou irônico.

– Naturalmente que ele é um homem honrado! Tem alguma dúvida?

– Não, claro que não! Quero justamente dizer que ele me é suficiente como garantia.

– Ele é um homem rico! – afirmou mais uma vez Bassânio.

– Claro, claro... Mas, sendo assim, por que não pede o dinheiro a ele? – quis saber Shylock.

– Porque seus bens...

– Era o que eu queria dizer – Shylock o interrompe. – Minha garantia é ele mesmo, pois seus bens são meras suposições: sei que ele tem um barco a caminho de Trípoli, outro chegando nas Índias e, pelo que ouvi dizer no Rialto, tem um terceiro navio rumo ao México, um quarto navegando em direção à Inglaterra e muitos outros empreendimentos espalhados pelo mundo.

– E isso não é suficiente como garantia, senhor? – Bassânio interrogou-o.

– Ora, ora, barcos não passam de tábuas, e marinheiros não passam de homens! Quero dizer que há ratos de terra e há ratos de água... Já vi que não me entende: falo de ladrões de terra e ladrões de água, ou seja, piratas, meu jovem! Sem falar nos perigos das águas, dos ventos e dos rochedos... Mas, apesar disso, o próprio homem, como garantia, já é suficiente!

– E?... – o rapaz não esconde a ansiedade.

– Três mil ducados... Acho que posso aceitar o compromisso dele – afirma calmamente Shylock.

– Que bom, senhor, acreditava que... – o jovem procurou disfarçar um pouco o alívio que sentia enquanto falava.

– Mas... – interrompeu Shylock subitamente.

– Mas o quê? – desanimou-se Bassânio.

– Mas preciso de garantias... Estou pensando... Posso falar com Antônio?

– Claro. Poderá jantar conosco esta noite – convidou Bassânio.

– Eu sei... Para cheirar a porco e comer em uma sala maldita. Comprarei com os senhores, venderei com os senhores, falarei, andarei... mas não comerei nem beberei, nem farei minhas orações com os senhores. Isso não!

Shylock era uma pessoa difícil. Sua forma de negociar era complicada, muitas vezes envolvia várias outras questões. Afinal, ele não tinha qualquer motivo para acreditar em simples promessas de pessoas que o odiavam no dia a dia, e nem sequer procuravam disfarçar. E o odiavam pela simples condição de ser judeu!

Confuso com a situação que não parecia caminhar para a conclusão do empréstimo, Bassânio sentiu-se muito aliviado com a aproximação de Antônio.

– Bassânio, estava à sua procura... – diz o mercador. E se volta para Shylock, cumprimentando-o com certo desprezo, apenas movendo a cabeça.

Shylock odiava Antônio. Desprezava-o como a um cobrador de impostos corrupto. Odiava-o por ser um cristão que emprestava dinheiro como um estúpido ingênuo, sem cobrar juros, fazendo diminuir as taxas cobradas em Veneza.

"Se consigo apanhá-lo neste aperto", pensa Shylock, "passo uma rasteira nele e mato a fome de todo o meu rancor. Ele odeia nosso sagrado povo! Em cada lugar que vou e o encontro, agride a mim, aos meus lucros e à minha poupança. Maldita seja minha própria tribo, mas jamais o perdoarei!"

– Shylock, está me escutando? – pergunta Bassânio.

– Claro, claro, estou fazendo contas... – procura disfarçar, dirigindo-se a Antônio. – Como está, senhor? Tínhamos seu nome na ponta da língua neste exato instante... Ia lhe perguntar: três mil ducados a quanto tempo mesmo?

– Três meses... Mas saiba de uma coisa, Shylock: apesar de eu nunca ter tomado dinheiro emprestado, e de nas vezes em que emprestei nunca ter cobrado um só centavo de juros, apesar disso tudo, para atender à urgência do meu bom amigo Bassânio, vou quebrar esse hábito!

– Ah, é mesmo? Não toma nem empresta dinheiro com juros? – pergunta, provocativo.

– Nunca! – Antônio afirma com orgulho e convicção. – Nem uma única vez macula o meu passado de homem generoso.

A arrogância de Antônio deixava Shylock muito irritado. Provocava-lhe os piores sentimentos, como fazê-lo imaginar e desejar uma grande vingança contra seu inimigo. Decidiu, então, que ela teria início ali, no coração do Rialto, num amargo fim de tarde, em que até os deuses pareciam conspirar contra a paz.

– Três mil ducados é uma soma bastante alta, senhores... E por três meses? Vejamos... Lancelote, traga-me aqueles papéis com as taxas de empréstimo.

– Ora, Shylock, de uma vez por todas: vamos ser seus devedores ou não? – antecipa-se Antônio.

– Antônio, meu nobre mercador, pensa que é fácil decidir? Por muitas vezes, na ponte, na Bolsa ou no Mercado do Rialto, o senhor me desprezou, me ultrajou, me maltratou e me recriminou pelo dinheiro que tenho, pela forma como ganho a vida, pelos meus costumes. Eu a tudo suportei com um simples dar de ombros, já que o sofrimento é o estigma da minha nação. O senhor me chamou de descrente, de cão impiedoso e cuspiu na minha túnica judaica, tudo isso só porque faço uso do que é meu.

Antônio e Bassânio impacientam-se, não querem escutar o que Shylock diz. Mas silenciam.

– Muito bem, muito bem... Agora o senhor aparece, quer ajuda, vem a mim e diz: "Shylock, hoje preciso do seu dinheiro!". Logo o senhor, que cuspiu na minha barba, que me chutou como se eu fosse um cachorro de rua parado na porta de sua casa... Agora quer meu dinheiro? O que posso dizer? Poderia responder assim: "Por acaso um cão tem dinheiro? Pode um vira-lata emprestar três mil ducados?"... Não, não vão embora ainda... Talvez eu deva rastejar e, como um servo, quase sem voz, com um sussurro humilde dizer apenas: "Meu bom senhor, outro dia cuspiu na minha cara, no outro me humilhou como a um cão, mas, por tantas cortesias, gostaria mesmo de emprestar-lhe milhares de ducados!". É isso que devo dizer?

– Já chega, Shylock! – grita Antônio, enfurecido. – Certamente irei insultá-lo, cuspir em seu rosto e chutá-lo novamente. Não se trata disso... Se quiser emprestar seu dinheiro, não o faça como se fosse a um amigo! Empreste-me como a um inimigo, pois se não lhe pagar conforme o combinado poderá aplicar-me a mais justa multa!

Shylock, satisfeito por ter irritado tanto a Antônio, atira os papéis das taxas em um canto da mesa e dá voltas em seu discurso, mudando o tom cinicamente:

– Não se ofenda, Antônio, eu o quero como amigo, quero ter sua afeição... Quero esquecer as vergonhas que me impôs, suprir sua atual necessidade e não cobrar nem um tostão a mais do que lhe emprestarei! Minha oferta é boa, mas não me ouve!

– Sem juros? – pergunta Bassânio, incrédulo e impressionado com Shylock, acreditando haver um bom homem por trás de todo aquele rancor. – Ele está sendo gentil, Antônio. É um homem bondoso...

– E posso provar minha generosidade... – afirma Shylock, levantando-se com o embrulho de carne nas mãos. – Vamos até o notário para selarmos nosso compromisso. Gostaria apenas de fazer uma brincadeira, um toque de bom humor em nosso acordo.

– E o que seria essa brincadeira? – pergunta Antônio, curioso.

– Não cobrarei um centavo se me pagarem em dia, mas... Se o pagamento não for feito em determinado dia e local, a multa imposta será uma libra exata de sua nobre carne, a ser cortada e tirada da parte do seu corpo que eu na hora quiser escolher.

Um grande silêncio se impôs. O criado Lancelote olha de soslaio para seu patrão, desconfiado. E olha com admiração para Bassânio, que considera um bom homem, imaginando que se fosse seu senhor seria talvez mais bem tratado...

Atônitos, Bassânio e Antônio se entreolham. Por um instante não sabem o que pensar nem o que falar. Até que, relutante, Antônio sorri, aponta para Shylock e diz:

– O senhor está certo... Estou de acordo. Vou selar esse trato e dizer a quem quiser ouvir que há muita gentileza em um judeu!

Apavorado, Bassânio tenta dissuadir Antônio, preferindo continuar necessitado a ver o amigo arriscar a própria pele por uma causa sua.

– Não se preocupe, Bassânio, pois, antes do prazo, no máximo em dois meses, meus navios estarão de volta, e eu terei quase dez vezes o valor que assumo agora.

Shylock finge-se de ofendido:

– Oh, por Abraão, que cristãos são esses?! Como podem suspeitar das intenções dos outros dessa forma! Responda-me uma coisa... – diz, voltando-se para Bassânio. – Se ele passar do prazo, o que é que eu ganho em obrigá-lo a me pagar tal multa? Uma libra de carne humana não é tão

valiosa nem tão proveitosa como a de um cordeiro, de uma vaca ou de uma cabra!

– E o que vai ganhar, então? – quer saber o rapaz, agora indignado.

– Ora, jovem, estarei comprando a amizade deste bom mercador! Se querem minha amizade, muito bem. Se não querem, adeus e fiquem em paz! Só não tentem me enganar!

Convencido das boas intenções do agiota, Antônio aceita selar o trato. Bassânio desconfia... Shylock os orienta:

– Vamos para o notário. Que ele redija nosso feliz acordo! Aqui está a minha bolsa com o dinheiro de que os senhores necessitam!

5. O primeiro pretendente

No idílico palácio de Belmonte, Pórcia recebe o primeiro de seus pretendentes, o príncipe do Marrocos. Homem negro, forte, de gestos decididos e determinados, está pronto a tentar a sorte para conseguir a mão da jovem. Vestindo uma túnica branca e portando um punhal de ouro e uma espada de prata cravejada de pedras, ele corteja sua pretendida dama, acompanhado de um séquito de quase dez homens.

Após uma longa viagem, apresenta-se na sala das três arcas sem disfarçar a ansiedade que o acompanha:

– Sei que não está acostumada a ver um homem com a pele tão escura. Sou assim, e o sol do meu país me faz ressaltar esse aspecto. Se alguém trouxer a esta sala o nórdico mais claro que puderem encontrar, um homem em que o sol mal resvalou a pele, e fizer um corte em nossos braços, tenha certeza de que seu sangue não será mais vermelho que o meu.

Gesticulando muito, o príncipe leva as mãos ao rosto:

– Este rosto que vê já espantou muitos guerreiros neste mundo, também já foi acariciado pelas mãos de outras mulheres. No entanto, posso afirmar com segurança que trocaria todas elas por uma mulher tão maravilhosa como a que meus olhos veem neste instante!

– Em minha escolha não sou guiada apenas pelo impulso dos meus olhos de donzela – Pórcia responde com polidez. – Não me importa o aspecto físico de nenhum pretendente, pois não escolho livremente: a loteria do meu destino proíbe-me a voluntária decisão. Meu pai ditou as normas que permitem que o célebre príncipe do Marrocos tenha a sorte de receber a minha afeição se assim a merecer.

Satisfeito com as palavras que ouve dos próprios lábios da moça, o príncipe sente-se a cada momento mais confiante. Até que, finalmente, Pórcia o convida a arriscar a sorte:

– Após a ceia, em uma das três arcas encontrará o seu destino e o meu. Se a escolha for acertada, saberá que logo serei sua. Do contrário, o aguardará uma longa viagem de volta ao Marrocos.

– Não vejo a hora, nobre donzela, de ter a honra de desfrutar seu eterno amor... – o príncipe declara, como que sonhando acordado. – Mas como saberei se escolhi a arca certa?

– É fácil: uma delas contém o meu retrato. Seguindo o desejo de meu pai, se ao levantar a tampa a minha imagem puder ver, ao príncipe do Marrocos hei de pertencer.

6. Um pombo e alguns pedidos

Enquanto a sorte de Pórcia se descortinava em Belmonte, em Veneza Bassânio dava continuidade a seu plano de obter recursos para poder lançar-se como pretendente ao amor da jovem herdeira. Em sua casa, dava instruções aos criados para a ceia de logo mais à noite.

– Comprem tudo o que for necessário. Não quero que nada falte e que todos os meus convidados se sintam como reis em seus castelos, principalmente um deles: esta noite recebo o meu mais querido e estimado amigo! – diz ele, referindo-se a Antônio. – O jantar deve ser servido no máximo às nove horas...

Um trovão se faz ouvir nos céus de Veneza ao mesmo tempo em que Graziano desembarca de sua gôndola, tropeçando e enfiando os pés na água do canal. Corre ao encontro de Bassânio, gritando desesperadamente. Seu amigo nem se importa, conhecendo seus exageros.

– Ouça-me, Bassânio, é sério: preciso de um favor!

– Já está concedido, Graziano...

– Falo sério, é muito importante... Quando irá a Belmonte?

– A partir de amanhã pretendo ir com mais frequência do que poderia imaginar. Devo cortejar Pórcia, minha futura esposa.

– Gosto de sua confiança, amigo.

– Aprendi com seu otimismo... Aliás, por que me pergunta se vou a Belmonte? É o que estou imaginando?

– Sim, é ela! – confessou Graziano.

– Pórcia? – Bassânio perguntou, indignado.

– Imagine se sou homem para uma donzela daquelas... Meu interesse está bem próximo a ela, mas, creia, não é seu piano nem as famosas arcas que o pai deixou trancadas...

– Então, só pode ser Nerissa, a dama de companhia? Como não havia percebido? É por isso que demonstra tanto empenho em me ajudar com Pórcia!

– Não, meu amigo... – Graziano se aproxima e dá um forte abraço em Bassânio. – Faria qualquer coisa para ajudá-lo!

– Não tenho dúvidas disso, Graziano – fala Bassânio com satisfação. – E pode ficar tranquilo que também farei tudo que estiver ao meu alcance para que passemos nossa vida inteira juntos! Mas eu com Pórcia e você com Nerissa! – diz, para, em seguida, caírem os dois na gargalhada. – Antes, porém, preciso lhe pedir um favor...

– O que quiser, meu amigo.

– Você muitas vezes age como um selvagem, mostra-se rude e fala demais, amigo. Pode ser que para nós esses traços de sua personalidade não sejam defeitos, mas lá em Belmonte... Lá terá de se comportar como um digno e elegante cavalheiro, ou acabará me prejudicando...

– Ora, Bassânio, assim me ofende... Claro que hei de me comportar como o mais refinado amigo que jamais sonhou em ter. Pode contar comigo!

Nesse momento, são interrompidos por um criado que anuncia uma visita inesperada:

– Este velho deseja conversar com o senhor.

– Boa tarde, vossa Alteza – o velho o reverencia, entregando um presente ao criado de Bassânio, cortejando-o como se fosse um rei ou príncipe.

– O que deseja, senhor? – Bassânio aponta os dedos para a própria vista, mostrando a Graziano que se trata de um velho cego.

– Vim aqui com meu filho – o velho puxa Lancelote para perto de si. – Ele é um pobre rapaz...

– Não exatamente pobre... nem mendigo, senhor – interrompe Lancelote –, mas servo de um rico judeu.

– Agora me lembrei de você... É criado de Shylock, o bom judeu que me facilita o destino. O que deseja?

– Bem, eu gostaria... gostaria... – Lancelote não consegue falar. – Meu pai irá "explicacionar" ao senhor.

O velho Gobbo, esse era o seu nome, também não consegue falar. Lancelote tenta novamente:

– Eu queria... – Lancelote dá um cutucão no pai. – Meu pai vai "informacionar" ao senhor.

– Nós temos um pedido "impertinente" a fazer... Bem, meu filho tem a forte "infecção" de trabalhar para o senhor.

– Afinal, o que desejam? – pergunta Bassânio, divertindo-se com a situação inusitada.

– Eu trouxe um bom prato de pombos assados que gostaria de transferir em doação ao senhor... – ele diz, enquanto o criado apresenta a Bassânio o prato de comida. Bassânio não disfarça uma expressão de asco, afastando o prato de si. – Meu pedido é...

– Acho que já entendi, vamos adiantar o assunto... Mas eu lhe pergunto, Lancelote: tem certeza de que deseja deixar de trabalhar para um rico judeu e passar a servir a mim, um cavalheiro pobre, quase à beira da falência?

– Estou certo – Lancelote mostra-se seguro. – O senhor tem pouco e...

– ... a proteção de Deus! – completa o velho Gobbo.

– E o judeu tem muito. Por isso...

– ... basta! – conclui o pai de Lancelote.

– Sábias palavras! – diz Bassânio, sorrindo. E pede ao criado que sirva provisões reforçadas de comida aos dois, pois parecem esfomeados.

Pai e filho se despedem, e Graziano, por brincadeira, serve um pedaço do pombo presenteado a Bassânio.

7. Chaves que trancam

O céu encoberto antecipava a escuridão da noite, enquanto Lancelote reunia suas poucas coisas, preparando-se para deixar a casa de Shylock. Na sala ao lado, Jéssica, filha única do judeu, também preparava suas coisas, decidida a deixar o pai e fugir com Lorenzo, que logo viria buscá-la.

A lua por vezes ameaçava iluminar as águas da cidade. Mas sua luz não conseguiria penetrar a casa de Shylock, que tratava de fechar todas as janelas antes de sair para a ceia na casa de Bassânio. No mesmo momento, Jéssica procurava Lancelote:

– Lamento muito que esteja deixando de servir ao meu pai. Aqui é quase como o inferno, e você, como um alegre diabinho, ao menos conseguiu tirar um pouco do meu tédio.

Comovido com as palavras da filha de seu ex-patrão, Lancelote agradece, timidamente. Jéssica olha então para os lados, a fim de certificar-se de que seu pai não se aproxima. Rapidamente, entrega uma carta ao criado:

– Assim que você chegar à casa de seu novo amo, procure por Lorenzo, um dos convidados do jantar. Entregue-lhe esta carta discretamente... – ela pede, oferecendo-lhe uma moeda. – Muito obrigada, Lancelote. Não quero que meu pai me veja falando com você... Adeus, e seja feliz.

Jéssica se recolhe em seu quarto, torcendo para que Lorenzo cumpra sua promessa de buscá-la. Só assim encerraria seu martírio solitário de filha prisioneira e dedicada ao pai, tornando-se esposa do homem que amava.

Antes de partir, Shylock chama Jéssica para se despedir. Ao encontrar-se com Lancelote, que já estava de saída, não perde a oportunidade de atormentar a mente do rapaz:

– Seus próprios olhos serão seus juízes para ver a diferença entre o velho Shylock e o jovem Bassânio. Com ele tudo será diferente, logo verá... Não conseguirá ludibriá-lo como fazia comigo, não mais dormirá e roncará até tarde... Logo verá, pobre tolo, como sentirá saudades destes bons tempos!

Nem bem Lancelote bate a porta, Jéssica pergunta ao pai:

– Também está de saída, meu pai?

– Irei a um jantar, ainda que julgue que não devesse ir... – reclama, enquanto a filha lhe ajuda a vestir o casaco. – Eles apenas me bajulam, mas vou aproveitar e comer à custa do pródigo cristão... Jéssica, querida, pegue minhas chaves e cuide da casa.

Sem saber o motivo, Shylock sente-se incomodado de sair, como se algo conspirasse contra ele e seu futuro. Soube por meio de Lancelote que haveria mascarados pelas ruas naquela noite e, por isso mesmo, receava deixar a filha sozinha em casa num momento desses.

– Fique longe das janelas, minha filha. Se gritarem do lado de fora, não se preocupe, pois a casa é segura. Ah, pelo cajado de Jacó, juro que não queria festejar nada esta noite! Mas irei...

Shylock tira seu solidéu e troca-o pelo chapéu vermelho que identifica os judeus quando estão fora do gueto. Sabe que terá de estar de volta antes do toque de recolher, mas, mesmo assim, continua muito incomodado em deixar a filha sozinha.

Jéssica corre até a janela para conferir a partida do pai. Não se sente bem em agir dessa forma, mas sabe que não haveria outro jeito. No momento, seu amor por Lorenzo mostra-se mais forte do que as forças que

poderiam mantê-la ao lado do pai. Não está segura de que esteja agindo bem, mas não vê saída diante do que sente. Ela pensa: "Adeus, querido pai. Se a sorte não me trair, o senhor acaba de perder uma filha e eu acabo de perder um pai". E começa a se preparar para a fuga...

8. Chave de ouro

Por meio da sorte, o príncipe do Marrocos está prestes a definir o futuro, para o temor de Pórcia, que prefere ficar em Belmonte sozinha para toda a vida a ter de viver em outro país na companhia de um homem a quem não ama.

Criados do palácio abrem as cortinas que escondem as três arcas. Nerissa segura as mãos de Pórcia. O príncipe, eufórico, dirige-se à arca de ouro. Seu séquito o estimula a escolher o mais valioso dos cofres. Ele pede silêncio.

– Que os deuses guiem minha decisão! – proclama.

Ele caminha vagarosamente diante das três arcas. Pára diante do cofre de chumbo. Lê a inscrição nele cravada: “Quem me escolher deve dar e arriscar tudo o que tem”.

– Deve dar o quê? – ele questiona. – Por chumbo? Quem pode arriscar tudo o que tem por chumbo? Não, esta arca é uma ameaça! Quem arrisca quer ganhar alguma coisa... E a minha nobre mente não se rebaixará às impurezas do chumbo. Esta arca não!

E se dirige à arca de prata. Nela, a inscrição: “Quem me escolher terá exatamente o que merece”.

– Devo refletir sobre o meu valor... Em que medida devo merecê-la? Tenho berço, fortuna e muitas outras qualidades. O que mais poderia querer... Não, não vou escolher esta arca.

E se dirige para a arca de ouro. Sua inscrição o faz refletir mais do que nas outras: “Quem me escolher terá o que muitos homens desejam”.

– Ora, o que muitos homens desejam? – o príncipe se pergunta, para, em seguida, ele próprio responder: – A dama! Ela é o que todos os homens do mundo desejam! Sem dúvida, escolho esta!

O ímpeto do príncipe atiça os homens que o acompanham, que passam a gritar em sua língua palavras estranhas aos ouvidos de Pórcia, que a tudo assiste com um leve sorriso nos lábios.

Com cerimônia, Nerissa entrega a chave de ouro ao príncipe. Ele engata a fechadura, levanta a tampa e...

– Que horror! Oh, não! – vocifera ao ser espreitado por uma caveira.

Enrolado no furo de um dos olhos de osso, um pergaminho enrolado. O príncipe o retira lentamente. Sabe que não é o retrato de Pórcia. Nele, uma mensagem:

Nem tudo o que reluz é ouro,
é a verdade mil vezes repetida, pobre mouro.
Mas sempre há quem venda sua aparência
para se parecer à minha existência.
Mesmo em túmulos de ouro
os vermes têm moradia.
Traria melhor agouro
se tivesse mais ousadia.
Agora, com a resposta encontrada,
sua corte está mesmo acabada.

– Acabada e sem remédio – completa o príncipe. E se ajoelha diante de Pórcia: – Adeus, querida donzela. Meu coração destroçado parte no mais vazio dos silêncios...

9. Chaves que libertam

Em sua casa, Bassânio festeja a fortuna que conseguiu emprestada de Shylock, graças à garantia e à palavra de Antônio. Sentado em um baú cheio de moedas, ele brinda alegremente com Antônio e vários amigos. O velho judeu a tudo assiste, arrependido por haver aceitado o convite para o jantar.

A mesa farta de comida e vinho e os ânimos acirrados de quase todos os presentes contrastam com o vazio que Shylock sente por dentro. Pensa na vingança que pretende destilar contra o cristão Antônio, pensa na filha, sozinha em sua casa... Não sabe a razão, mas seu coração de pai pressente que alguma coisa está por acontecer. A desconfiança aumenta quando vê Lancelote entregar às escondidas uma mensagem a Lorenzo.

– Reconheço essa letra – Lorenzo cochicha com Graziano. – Venha comigo: minha amada Jéssica me espera. Vamos sair discretamente, sem que ninguém perceba. Lá fora, colocamos nossas máscaras e não seremos reconhecidos na noite escura. No máximo em uma hora estaremos de volta...

Salério e Solânio acompanham Lorenzo e Graziano na escapada. Um leva a tocha e o outro rema. Apesar da chuva, em menos de vinte minutos alcançam os portões do gueto. Aproximam-se da casa de Shylock. Lorenzo encontra tempo para uma graça:

– Amigos, quando forem, como eu, ladrões de noivas, estarei a seu dispor... Vamos, vejam a luz por trás da janela.

Graziano se antecipa e murmura o nome de Jéssica, que logo aparece, vestida de rapaz:

– Quem está aí? Não reconheço a voz...

– Sou eu, meu amor, Lorenzo – anuncia este, levantando a máscara. – Prefiro-a com outros trajes, mas, se é para que possamos fugir sem que nos reconheçam, saiba que é o mais lindo rapaz com quem já me encontrei...

Jéssica, relutante, pega um pequeno cofre cheio de joias e atira-o em direção à gôndola de Lorenzo. O cofre atinge a borda da embarcação e por pouco não cai n'água.

– Cuidado, querida! Ainda bem que está vestida de mancebo, caso contrário não conseguiria ajudá-la a descer pela janela... – ele brinca. E vê Jéssica trazer mais um cofre cheio de pedras e ducados tirados do pai. Ela sabe que age mal, mas não vê alternativas para viver a vida que pretende, livre da obrigação de cuidar do querido pai.

Uma forte trovoada ressoa nos céus de Veneza, iluminando a corajosa fuga de dois apaixonados: uma judia e um cristão.

10. Tempestade em Veneza

Enquanto Lorenzo desaparecia com a filha de Shylock, Graziano foi encontrar-se com Bassânio. Eles haviam decidido aproveitar a noite de ventania e pegar uma embarcação para Belmonte, onde Bassânio iniciaria sua corte a Pórcia, e Graziano aproveitaria para também cortejar Nerissa, a dama de companhia da rica donzela órfã.

Antes de Bassânio embarcar, Antônio acompanha-o ao cais, para despedir-se de seu protegido. Poucos minutos antes, correu por ali a má notícia de que uma das embarcações de mercadorias de Antônio, lá pelos lados da Inglaterra, havia naufragado. Mas a novidade não era dada como certa...

De qualquer forma, Antônio e Bassânio tinham suas mentes em outras margens: Bassânio na Belmonte de Pórcia e Antônio em sua constante tristeza. Os dois trocam um longo abraço de despedida. Bassânio carregava consigo a maior de suas dívidas.

– Voltarei o quanto antes, meu amigo.

– Não se apresse por mim. Fique o tempo que for preciso. E não se preocupe com o meu acordo com o judeu. Alegre-se e pense apenas em como cortejar sua dama com os rituais do amor...

E se despedem. Bassânio divide seu coração em gratidão pelo amigo e esperança pelo futuro ao lado da amada. Está feliz e saltitante; Antônio acompanha a partida de Bassânio com a vista embaçada pela chuva e pelas lágrimas.

Ao chegar em casa, Shylock comprova que deveria ter ouvido sua intuição. Assim que encontrou a janela do quarto da filha escancarada, gemeu e chorou sem parar, tamanha a dor que sentiu ao descobrir que Jéssica tinha desaparecido. Depois, desesperado, saiu às ruas aos gritos, clamando pela filha e pelos ducados perdidos:

– Minha filha, meus ducados, minha filha! Fugida com um cristão! Que seja feita justiça! A lei, onde está a lei?! Meus ducados cristãos! A minha filha! Ela levou minhas pedras e meus ducados! Minha própria filha! – ele lamentava.

Até mesmo o duque saiu às ruas para ver o que havia acontecido. Acompanhou Shylock até o cais, a fim de revistarem o navio de Bassânio, mas ele já havia partido.

Nessa hora, talvez para se consolar, veio à mente de Shylock o doce sabor da vingança. E lembrou-se do empréstimo, da garantia de Antônio, da libra de carne, de todas as humilhações sofridas que seriam compensadas por um pequeno gesto, por um corte junto ao coração do mercador.

11. Chave de prata

uito tempo havia se passado, e Pórcia seguia sendo cortejada por numerosos pretendentes. Ainda que Bassânio já estivesse em condições de tentar a sorte entre as três arcas, um pretendente viria antes dele: o príncipe de Aragão.

Na sala das arcas, criados do palácio abriam as cortinas que escondiam os cofres. Pórcia, como sempre, estava apreensiva. O príncipe, consciente de seus deveres, declara:

– Sei que tenho três obrigações... Primeiro, não dizer a ninguém qual foi a arca escolhida por mim. Em segundo, caso fracasse, nunca mais pensar novamente neste casamento. E, por fim, em terceiro lugar, se minha escolha for equivocada, devo partir imediatamente.

– Esses são os compromissos assumidos por todos os que se arriscam a desfrutar de meus poucos méritos – afirma Pórcia com delicadeza.

– Modéstia sua... Que a sorte me ajude o coração! – o príncipe pede, antes de iniciar a seleção das arcas.

Homem excêntrico, o príncipe de Aragão anda de um lado para o outro, nervoso, indeciso sobre a escolha: ouro, prata, chumbo...

– "Quem me escolher deve dar e arriscar tudo o que tem"... Ora, a nobre donzela devia ser mais bela para que valesse a pena correr um risco de chumbo! – ironiza o príncipe, insinuando que Pórcia não é tão bela como deveria para que alguém se arriscasse por ela.

Num ímpeto, pede aos músicos de seu séquito que toquem para ele. Anda para um lado e para o outro, senta-se em uma poltrona, levanta-se, anda mais um pouco. Dá uma volta de olhos fechados e pára diante da arca de ouro. Com um gesto, ordena que a música cesse.

– "Quem me escolher terá o que muitos homens desejam"... Eu não vou escolher o que muitos homens desejam. Afinal, eu não me misturo com espíritos medíocres, nem me equiparo ao cheiro dessa gente comum! – sentencia, do alto de sua arrogância.

E pede a música, e caminha, e pára, e se senta, e levanta, anda, pára, olha para Pórcia e diz, insinuante:

– Vamos ao tesouro prateado, minha donzela, pois é nele que encontrarei sua imagem, e, com ela, o consentimento para levá-la em carne e osso às minhas terras de Aragão! – E lê, lentamente: "Quem me escolher... terá exatamente... o que merece"... Sábias palavras!

O príncipe olha à sua volta, tenta decifrar a expressão de Pórcia em busca de alguma sugestão para confirmar sua intuição. Pousa as duas mãos sobre a arca de prata.

– Eu escolho a arca prateada, e assim terei o que mereço. O mérito é meu, assim como a donzela!

– Calma, senhor... – pede Pórcia antes de solicitar que Nerissa leve a chave até o príncipe.

Ele gira a chave lentamente, levanta a tampa aos poucos, examina o interior da arca por uma fresta e se assusta. Bate a tampa, olha para os lados, e volta a levantá-la.

Pórcia se anima com a longa pausa, indicando que o príncipe não gostou do que viu. Nerissa sorri.

– O que há aqui? O retrato de um idiota sorridente? E me oferece um papelzinho enrolado em fita de guizos? É esse o som que me cabe agora? A cabeça de um tolo a infernizar minha mente? – o príncipe segura em suas mãos a máscara de um palhaço com um pergaminho enrolado nela. – Ele não se parece em nada com essa linda dama... É este o meu prêmio?

– Ofender e julgar são coisas distintas, de naturezas opostas – Pórcia responde, tranquila e satisfeita por não ter de desfrutar o resto de seus dias ao lado daquele príncipe tão onipotente.

Visivelmente contrariado, o pretendente rejeitado pela sorte abre o pergaminho e lê:

O fogo sete vezes me provou
que em sete julgamentos jamais se equivocou.
Para acertar em uma eleição,
o coração tem de estar pleno de afeição.
Há muito tolo perfeito
que neste cofre prateado
não pode levar uma esposa ao leito,
porque ser tolo é o seu fado.
Resta pronunciar: sou um derrotado!

– Não posso permanecer aqui nem por um minuto mais. Quanto mais adiar a minha partida, mais tolo me sinto e pareço. E se como um bobo a cortejei, honrada dama, foi porque duplamente fraquejei. E neste momento só me resta a despedida... Adeus!

Satisfeita com o resultado, Pórcia conteve sua emoção, em respeito à desgraça do príncipe de Aragão. Mas, assim que seu séquito deixou o palácio de Belmonte, ela e Nerissa comemoraram efusivamente o fato de continuar no palácio, à espera do grande amor.

Para completar seu contentamento, um criado chega a Belmonte, trazendo uma notícia do mar.

– Não me diga que o príncipe está de volta... – lamenta Pórcia.

– Não, nobre senhora, todo o séquito do príncipe embarcou e já deve estar em alto-mar. São outras notícias que trago.

– Então, diga logo... Algum novo pretendente desembarcou à nossa porta, já nem bem partiu o anterior?

– Sim, senhora. Um veneziano está chegando, vieram na frente para nos avisar.

– Você tem algo a ver com isso, Nerissa? Que cara de satisfação é essa? – Pórcia desconfia. E pergunta ao criado: – Vamos, quem é esse homem que está para chegar e que lhe provoca essa expressão de puro contentamento?

– Um jovem veneziano que traz as mais gentis saudações, feitas com doces palavras e ricos presentes. Nunca vi uma investida de amor tão agradável! Jamais o mês de abril trouxe uma luz tão reluzente...

– Mas o pretendente é meu ou seu, rapaz? Nunca vi alguém nesta casa elogiar tanto um homem que chega para me cortejar! Nerissa, o que o Cupido está querendo dizer?

– Creio que está anunciando a chegada de um deus do amor, e creio que seu nome seja... Bassânio!

12. A dor de Shylock

Enquanto Bassânio desembarcava em Belmonte para finalmente tentar a sorte com as três misteriosas arcas, mal sabia ele que o azar começava a dar as caras para Antônio.

No Rialto, a novidade de mais um naufrágio de uma embarcação do mercador se espalhava como a peste, o que levou Salério a comentar com seu amigo Solânio:

– Parece que Antônio tem um barco de carga valiosíssima naufragado no Canal da Mancha, entre a Inglaterra e a França, bem próximo a uma ilha chamada Os Bons Amigos. Veja só a ironia: bons amigos, maus presságios. Dizem que muitos navios afundam naquela região.

– Só desejo que nenhuma outra tragédia aconteça ao bom Antônio. Bem o sabemos que ele não merece, e acredito que venha a se afundar de vez em sua tristeza.

– Amém. Mas veja quem vem aí... Como vai, caro Shylock? Que notícias correm entre os mercadores?

Shylock fulmina Salério com o olhar. O judeu caminhava como se arrastasse o peso de toda a desgraça do mundo. Não tinha mesmo cara de bons amigos, e não pretendia ocultar seus sentimentos.

– O senhor sabia melhor do que qualquer outro... da fuga da minha filha! – acusou sem titubear.

– É verdade, Shylock... Mas o senhor também sabia que a pequena ave iria voar mais cedo ou mais tarde – responde Salério, procurando acalmar a fúria do pai de Jéssica.

– É isso mesmo – completa Solânio –, o destino de todas as aves donzelas é deixar o ninho.

– Que os dois sejam amaldiçoados! – revolta-se Shylock, mas logo em seguida volta a angustiar-se. – Como ela pôde se rebelar contra minha própria carne, fugindo com um cristão!?

Salério e Solânio demonstram preocupação com a ira de Shylock. Nunca o tinham visto assim. E justamente agora que essa revolta contra tudo e contra todos aumentava, havia o risco de Antônio não cumprir seu acordo com o judeu...

– Shylock, acalme-se, homem! Os cristãos não são homens piores que os judeus. E, por falar em cristão, caso Antônio não consiga pagá-lo a tempo... – insinua Salério.

– Ele que cumpra o prometido! – ameaça Shylock.

– Mas certamente o senhor não vai levar adiante o acordo de tirar-lhe a libra de carne, não é verdade?

– E por que não iria?

– Ora, que despropósito, de que lhe serviria?

– De isca para pescar! – arrematou o agiota. – E, além disso, se de nada mais servir, ao menos saciará minha vingança!

Shylock falava alto, chamando a atenção de muita gente no Mercado. Seu ódio por Antônio concentrava toda uma carga de antigos rancores e prejuízos sofridos por várias gerações de judeus.

– Antônio me desgraçou... Pelas minhas contas, já me deu meio milhão de prejuízo! Ele riu das minhas perdas, fez troça com meus lucros, insultou o meu povo, arruinou o meu comércio, deixou morrer amigos meus e deu dinheiro a meus inimigos... E isso tudo por quê? Por quê? Porque sou judeu! Apenas por esse motivo: porque sou judeu!

– Calma, Shylock... – Solânio tenta acalmar a fúria verbal do velho.

– Como me pede calma? Diga-me uma coisa... Um judeu não tem olhos? Um judeu não tem mãos? Não tem órgãos no corpo, dimensões, sentidos, afetos, paixões? Não come a mesma comida? Não é ferido pelas mesmas armas? Não contrai as mesmas doenças? Não é curado pelos mesmos remédios? Um judeu não sente frio ou calor como qualquer cristão? Quando nos ferimos, por acaso nós não sangramos? Se nos fazem cócegas, não damos risadas? E se nos envenenam, nós não morremos? E se nos enganam e cometem injustiças contra nós, por que não vamos nos vingar, por quê? Se em todo o resto somos como vocês, cristãos, então agiremos como vocês também na vingança! Por que não?

Enquanto vociferava para que todo o Rialto, toda a Veneza, todos os continentes do mundo o ouvissem, um silêncio inesperado tomou conta de todos que o escutavam. E Shylock aproveitou-se dele para continuar...

– Se um judeu engana a um cristão, qual é a humildade que encontra? A vingança! E se um cristão ofende a um judeu, qual deve ser a sua pena? Pelo exemplo cristão deve ser... a vingança! Agora irei colocar em prática toda a vilania que aprendi com os cristãos! – conclui. E profetiza, com o dedo em riste para a multidão: – Vai ser difícil, mas hei de superar meus mestres!

Shylock dá as costas aos dois amigos. A multidão, atônita, pouco a pouco vai se desfazendo, voltando às atividades cotidianas. Salério e Solânio correm ao encontro de Antônio, ávidos por avisá-lo das péssimas notícias que dele se acercariam ao final do prazo dos três meses dado pelo judeu para o pagamento da dívida.

No caminho para sua casa, já no gueto, Shylock recebe finalmente informações sobre Jéssica. Um amigo, enviado a Gênova, trouxe-lhe notícias que o desagradaram profundamente. Saber que sua filha vendeu algumas joias de muito valor a preços muito baixos deixaram-no bastante abalado. Mal acreditou que a filha não se importasse com o valor sentimental de algumas delas. Até mesmo um anel de turquesa, presente de sua falecida esposa quando ainda eram solteiros, tinha sido arrematado por uma ninharia. Além do mais, soubera que a moça andara esbanjando muito dinheiro em compras fortuitas, como quem tem dinheiro de sobra para atirá-lo ao rio.

"É perda sobre perda!", pensava. "Um tanto foi com a ladra, outro tanto gasto agora para encontrá-la... Ao menos tenho a sorte de assistir a Antônio perdendo seus navios e se afundando junto a eles, assim poderei infernizá-lo, torturá-lo... Isso ao menos me conforta um pouco. Dentro de apenas duas semanas o prazo vencerá, e então poderei ter o prazer de arrancar-lhe a libra de carne do seu coração. Sem Antônio em Veneza, poderei fazer os negócios que quiser!"

13. Chave do amor

A chegada de Bassânio a Belmonte poderia ser chamada de triunfal. Mal sabia ele que fora o único pretendente a quem Pórcia dispôs-se a aguardar, ansiosa, no próprio atracadouro. O dia estava claro, antecipando com suas cores a mágica luz do verão que se aproximava. Assim que desceu de seu navio, Bassânio foi recebido por Nerissa, que prontamente o levou à sua dama.

Pórcia gostaria que Bassânio ficasse em Belmonte por um mês ou dois antes que arriscasse a sorte nas arcas. Se assim fosse, poderia, nesse tempo, ensiná-lo a escolher corretamente a arca que o faria tornar-se seu esposo, no entanto, não se sentia confortável com a possibilidade de romper o voto que havia dado a seu pai, e isso não poderia de maneira alguma acontecer. Por outro lado, sofria com o temor de perder o amor daquele homem e depois vir a se arrepender profundamente por não haver revelado o segredo a ele.

No momento em que Pórcia se viu frente a frente com Bassânio, não conseguiu disfarçar um rubor repentino diante de seu olhar. Sabia, sentia que havia encontrado o seu amor verdadeiro. E a expressão de Bassânio também a fazia crer que ele também reconhecia que foram feitos um para o amor do outro. Teria, no entanto, de conseguir esperar pela hora da escolha. E rezar e torcer para que seu preferido selecionasse o cofre que determinaria a sua felicidade.

– Deixe-me fazer logo a escolha, cara Pórcia, pois viver nesta ansiedade é uma verdadeira prisão. Não sei se tenho forças para resistir a ela sem enlouquecer.

– Prisão, Bassânio? Eu é que sou uma eterna prisioneira, trancafiada em uma das três arcas, à espera da chave que me libertará ou que me encerrará para sempre em um mundo de infelicidade. Se me ama, Bassânio, certamente há de me encontrar e de me libertar para sempre! – ela implora, antes de chamar por Nerissa e os outros criados.

Ordena então que preparem a sala para o grande momento. Antes disso, confidencia à sua dama de companhia:

– Espero que seja a escolha derradeira... Quem diria que minha felicidade seria decidida em um jogo do destino?...

– Eu também espero que seu pretendente consiga escolher com o coração – responde Nerissa, olhando apaixonada para Graziano.

– Então iniciemos o quanto antes o cerimonial da sorte ou do azar, e acabemos logo com isso! – ordena Pórcia.

E assim, todos partem até a sala dos cofres, cada qual levando no peito uma expectativa. Enquanto Bassânio meditava diante das três arcas, uma suave canção preparava os sentidos...

Onde nasce o amor no mundo:
Na mente ou no coração bem fundo?
Como alimentá-lo e torná-lo fecundo?

Num olhar ele é criado
E morre depois de olhado,
No berço em que o embalamos
Bate o sino e nele terminamos.

O coração de Pórcia batia fundo, acelerado, e o de Bassânio soava tranquilo, pressentindo que faria a escolha certa.

Põe-se a examinar a arca de ouro...

– Como pode o mundo ainda iludir-se com ornamentos, vender--se pelas aparências? Não há causas corruptas na justiça que não possam ser dissimuladas por uma voz doce que disfarça a maldade... – ele avalia, desprezando a de ouro e passando à arca de prata. – E a religião, quantos erros diabólicos são abençoados por algum sórdido pecador recoberto por roupas ornamentadas...

Pórcia se admira com a sabedoria demonstrada pelas palavras de Bassânio. E roga aos céus que ele assim se mantenha, sábio e tranquilo, a fim de conseguir fazer seus destinos se encontrarem com a escolha derradeira.

– Vejam a beleza e percebam que ela parece ser medida por peso – prossegue Bassânio, diante das arcas. – Por isso, reluzente ouro, não será você o meu escolhido... E nem você, pálida e vil moeda de troca prateada entre os homens.

E se volta para a arca de chumbo, para contentamento indisfarçável de Pórcia, que, aliviada, vê seu preferido depositar as mãos sobre a singela tampa:

– Meu caríssimo e humilde chumbo, que ameaça em vez de fazer promessas, sua simplicidade me comove mais do que a eloquência do ouro ou da prata... – E, num gesto de humilde reverência, curva-se diante da arca de chumbo: – Esta é a minha escolha, senhora!

Indicada a arca, imediatamente, Pórcia, com lágrimas nos olhos, manda Nerissa entregar a chave para Bassânio. Ele beija o metal, como se estivesse beijando as mãos da amada, fecha os olhos e diz:

– Que a eterna felicidade seja a consequência da minha escolha!

O coração de Pórcia parece não se contentar com o espaço a ele reservado em seu peito. Ela deseja conter a alegria por mais tempo, a fim de desfrutar melhor o momento tão esperado.

Bassânio abre a tampa da arca lentamente. Os músicos voltam a tocar...

– O que vejo aqui? – pergunta Bassânio, extasiado. E com as mãos trêmulas retira um retrato emoldurado de dentro da arca. Volta-se para Pórcia e comunica: – Deus fez esta justa imitação tal qual a sua rara beleza. Meu coração agora lhe pertence, meu amor.

Todo o salão – os criados do palácio e o séquito de Bassânio – aplaude e grita vivas em comemoração. Graziano, profundamente emocionado, segura as mãos de Nerissa, de cujos olhos brotam as mais alegres lágrimas.

É hora de Bassânio retirar o pergaminho de dentro da arca de chumbo. E, de mãos dadas com Pórcia, lê a mensagem em voz alta, para que todos compartilhem de sua alegria:

A você que não escolheu com a vista,
na verdade, encontrou uma pista,
já que é toda sua essa conquista...
E se com essa escolha está contente
e grande alegria a sua alma sente,
reclame a essa nobre nubente
o verdadeiro beijo mais ardente!

– Esse pergaminho foi muito generoso. Por isso, minha dama, com sua permissão, preciso cumprir o que diz a escrita...

E aproxima-se dos lábios da moça, beijando-os ardentemente, sob o aplauso e a música inebriante. Em seguida, Bassânio pede a Pórcia que se manifeste, para que possa sentir o seu desejo selado e confirmado.

– Você me vê exatamente como sou – a voz de Pórcia não poderia ser mais doce e verdadeira. – Não pretendo ser mais nem melhor. Mas por você gostaria de ter vinte vezes mais valor, ser mil vezes mais bela e dez mil vezes mais rica... Só para que gostasse ainda mais de mim, para que eu pudesse, em virtude, beleza, meios e amigos, me superar e encantar mais e mais a você.

Bassânio se emociona com as palavras de Pórcia. Segura seu rosto com ternura e lhe cobre de beijos. Pórcia o interrompe e prossegue, sempre muito decidida, naquilo que tem a dizer:

– Tudo o que sou é ainda pouco, e se resume a uma moça inculta, sem estudos e sem experiência. Para sua sorte – ela sorri –, ainda não sou velha e posso aprender, pois tenho alguma inteligência... Mas a minha maior felicidade é poder entregar o meu espírito para ser guiado pelo meu amo, meu rei. A partir de hoje esta casa, estes criados e eu por inteira... somos todos seus!

Comovido, Bassânio mal controla o desejo de chorar. Sente a boca e a garganta secas, e as palavras para retribuir tanta generosidade lhe escapam por completo. Só consegue olhar cada vez mais embevecido para a amada. Percebe, então, que Pórcia estende a mão até Nerissa, que lhe passa um embrulho, de onde tira um anel.

– Eu lhe dou este anel, Bassânio, que se retirado, perdido ou dado, anunciará a ruína do seu amor por mim, dando-me o direito de acreditar que não merece mais o meu amor, e de por isso rejeitá-lo – ela conclui, colocando-lhe a joia em um dos dedos.

– Você me deixa sem palavras, Pórcia. Gostaria que sentisse o meu sangue pulsando e falando mais eloquentemente que eu... Saiba que quando este anel deixar este dedo, será o fim da minha vida, e aceitarei que proclamem minha morte!

Todos no salão não ocultam a emoção do momento. Nerissa e Graziano entreolham-se. A dama de Pórcia toma por hora a palavra:

– Querida madame e meu nobre senhor... É chegada a hora daqueles que tiveram atendidas as suas preces. Eu e Graziano desejamos toda a felicidade do mundo aos dois, ambos a merecem!

– Nós lhe desejamos de coração tudo o que sonharem – Graziano complementa. – E, neste momento de pura felicidade, peço-lhes também a permissão de anunciar uma nova união...

– Calma, Graziano – interpõe-se Bassânio, adivinhando do que se tratava. – Pense bem no que está dizendo e no que há de prometer...

– Quero me casar no mesmo dia e na mesma hora que vocês dois! – anuncia decidido, interrompendo Bassânio sem se arrepender.

– Ora, desde que tenha uma noiva... não verei problemas – Bassânio sorri, cúmplice, para Pórcia.

– Foi graças à sua amizade que também alcancei o meu amor. Meus olhos são tão velozes quanto os seus, meu senhor. Você viu a beleza da donzela e eu vi o encanto de sua dama de companhia – ele anuncia, puxando Nerissa para perto de si.

– Isso é verdade, Nerissa? – pergunta Pórcia, que nunca havia notado o interesse de sua dama pelo maior amigo de seu pretendente.

– Ora, será uma alegria celebrar os dois casamentos no mesmo dia – comemora Bassânio. – Faremos a maior e mais feliz reunião que Veneza já viu acontecer!

14. Tristes notícias

As comemorações pelo glorioso encontro entre Bassânio e Pórcia, e Graziano e Nerissa prosseguiram até tarde da noite. Comida, bebida, música, alegria... tudo era razão para tornar a ocasião inesquecível.

– Olhem quem vem lá – Graziano anuncia, aproximando-se da varanda do palácio. – É Lorenzo e Jéssica, a filha de Shylock! E chegam acompanhados também por Salério... Ah, e aquele sujeito engraçado que trocou o judeu por Bassânio, como é mesmo o nome dele? Lancelote, é isso?...

Certamente todos estariam comemorando a chegada de Lorenzo com sua querida fugitiva, Jéssica, não fosse a presença de Salério, que não trazia consigo boas notícias.

Assim que entrou no palácio, cumprimentou o amigo Bassânio com carinho, louvando a união que se comemorava. Mas não conseguiu furtar-se de contar-lhe as novidades:

– O nobre Antônio envia saudações.

– Bom Antônio... Lamento não compartilhar com ele este momento de alegria. Mas que cara é essa, Salério? Diga-me, algo aconteceu com ele... Por acaso não está bem?

– Diria que não está doente, a não ser em pensamento. E também que não goza de boa saúde, a não ser em pensamento. Mas tome esta carta, ela lhe contará tudo o que precisa saber...

Enquanto Bassânio lê a carta, Graziano saúda Lorenzo e pede a Nerissa que cuide de Jéssica, que aparenta estar muito cansada e entristecida. Pórcia se aproxima do amado ao perceber o semblante de Bassânio transformar-se subitamente. Más notícias certamente traziam aquela carta, pensou. Mas o que seria? Algo tão terrível que ameaçasse a concretização de seu casamento?

Bassânio tentou explicar o que se passava:

– Minha querida, esta carta traz as palavras mais trágicas que já li em toda a minha vida...

– Mas que notícias tão nefastas ela traz?

– Quando lhe ofereci meu amor, não lhe menti ao dizer que minha única riqueza era a que corria em minhas veias. Fui sincero. Na verdade, eu me endividei com um grande amigo, que, por sua vez, se endividou com um inimigo, tudo para que eu pudesse ter meios para cortejá-la... – e entrega a carta a ela. – Aqui tem a carta: o papel é o corpo do meu amigo, e cada palavra, uma ferida aberta que sangra!

Transtornado, Bassânio confirma com Salério a perda de todas as embarcações de Antônio: Trípoli, México, Inglaterra, Lisboa, Índia... Nem um só casco havia escapado à fúria dos mares e das rochas inimigas!

– E a dívida já venceu, caro amigo. Mesmo que quisesse pagar ao judeu tudo o que deve, ele não haveria de aceitar. Nunca vi alguém desejar tão ardentemente o fim de outro homem. Shylock se queixa dia e noite ao duque, dizendo que se a sua causa for perdida, assim estará a própria República.

– Mas ninguém faz nada para salvar Antônio? – espanta-se Bassânio.

– Não só o duque, como vinte mercadores e até mesmo o Senado já tentaram, de todas as formas, dissuadi-lo. Mas de nada adiantou, o judeu exige o cumprimento de sua garantia e que a multa seja paga tal qual foi acordada!

– E você, Jéssica, não pode fazer nada? – Bassânio voltou-se para a filha de Shylock, que a tudo ouvia com expressão de profunda desolação.

– Imagine... Meu pai, depois que eu o abandonei e o desonrei em seus princípios, preferia ver-me morta a atender um pedido meu. Sou testemunha de tê-lo ouvido dizer aos amigos de sinagoga que preferia a carne do mercador Antônio a vinte vezes o valor da sua dívida. Tenho certeza de que, se a lei não puder ajudar o mercador, será o fim desse homem.

Bassânio mostra-se inconformado. Sente-se culpado pelo sofrimento que atormenta Antônio. Se algo de mais grave lhe acontecer, não saberá viver com o peso do sofrimento do melhor e mais amado amigo em sua consciência...

– Quanto Antônio deve ao agiota? – interrompe Pórcia.

– Três mil ducados – responde prontamente Bassânio.

– Ora – ela sorri –, só isso? Pague seis mil e resolva tudo! Se não for suficiente, triplique o valor... mas não deixe seu amigo perder um só fio de cabelo por sua causa! Façamos o seguinte...

Pórcia propõe que se casem em uma igreja imediatamente. Assim, terá ouro suficiente para pagar vinte vezes o valor da dívida. Em seguida, deverá partir para Veneza, junto com Graziano, resolver tudo e voltar para Belmonte, trazendo Antônio para comemorar com eles a nova vida e o amor que se confirma!

– Enquanto isso, meu amor, eu e Nerissa seremos virgens-viúvas! Agora, meu querido, leia-me a carta.

Doce amigo Bassânio,

Todos os meus navios estão perdidos. Meus credores tornaram-se cruéis e meu patrimônio está no fim. O meu compromisso com o judeu já está vencido, e como não vou sobreviver à sua cobrança, todas as suas dívidas comigo estão perdoadas. Mas gostaria muito de vê-lo ao menos uma vez antes de morrer: venha se isso lhe der prazer; se o seu afeto por mim não o persuadir a vir, que não seja por esta carta.

Do seu estimado amigo, Antônio.

– Meu querido amor e senhor, precisamos agir logo... Seu amigo está mesmo carente de sua companhia – Pórcia anuncia, após conhecer o conteúdo da carta e reconhecer o apelo de Antônio.

– Se me permite que eu parta, minha amada, não descansarei um segundo enquanto não tiver livrado meu amigo dessa pena injusta. Eu é que deveria estar por um fio nas mãos do velho Shylock. Vamos, vamos o quanto antes.

15. Fúria implacável

Em Veneza, Shylock prossegue com sua obsessiva peregrinação junto às instituições e aos homens da lei.

Um labirinto de celas, com infindáveis corredores e escadarias: essa é a nova moradia de Antônio. A prisão atrás do Palazzo Ducale, sede do governo da República de Veneza, abriga seu prisioneiro mais ilustre: um mercador, homem nobre, cristão de fortes convicções e um passado de perseguição a judeus, mas também um homem triste, generoso e enigmático, que tudo faz para ajudar seus amigos, principalmente Bassânio, a quem seria incapaz de negar qualquer favor ou pedido. Inclusive arriscar a própria pele!

– Uma libra de carne! Uma libra de carne da parte que eu quiser tirar! – esbraveja Shylock ao se ver diante de Antônio. – Cuidado, carcereiro, esse é o homem tolo que emprestava sem cobrar taxa alguma! Veja só o que ganhou com tanta incompetência! Nada de clemência, pois vou esfolar uma libra da branca carne...

– Ouça-me, bom Shylock, ouça o que tenho para lhe dizer – Antônio implora.

– Não pode se negar a pagar o que me deve. Eu tenho a carta assinada bem aqui na minha mão. Eu quero a minha garantia!

Solânio, que estava visitando Antônio na prisão, tenta em vão acalmar o implacável judeu, mas parece que nada o detém, sua ira mostra--se incontrolável. Até mesmo Tubal, grande amigo de Shylock, tenta de alguma maneira amainar o seu rancor, mas tudo é inútil.

– Antes do nosso acordo me chamava de cão... – prossegue Shylock. – Pois, se sou um cão, cuidado com meus dentes! O duque será justo, não será como esses guardas que o tratam como se fosse hóspede de um palácio e não um prisioneiro...

– Por favor, escute-me... – Antônio pede mais uma vez, e mais uma vez não é atendido.

– Mas eu não quero ouvi-lo. Agora só exijo que pague a multa. Tenho a minha garantia e, se tem palavra, além de dívidas, terá de pagá-la. Ninguém vai me fazer de tolo, como se fosse um fraco que suspira, hesita e entrega os pontos a qualquer apelo cristão... Não, não adianta implorar, chorar, clamar, apelar para quem quer que seja. Quero que me pague a multa combinada, nada mais, nada menos!

E sai sem dar mais ouvidos e sem nada mais dizer. Solânio não acredita no que acaba de ver e ouvir. Revolta-se, maldizendo o judeu:

– É mesmo um cão impiedoso que não pode viver no meio dos homens!

– Deixe-o, Solânio, deixe-o... Não irei mais implorar inutilmente. Ele quer a minha vida. E conheço bem o motivo!

– Sei que o duque não permitirá a execução dessa penalidade! Ele fará alguma coisa antes... – Solânio procura tranquilizar o prisioneiro.

– O duque não tem como ir contra a lei, meu caro. Se ele agir assim em meu benefício, o que os estrangeiros que aqui negociam vão dizer de nossa justiça? Vá, Solânio, e obrigado... – Antônio agradece o apoio. Em seguida, lamenta: – Estou quase pele e osso... Essas tristezas e perdas me abalaram tanto que a muito custo terei uma libra de carne para saciar a fúria do meu sanguinário credor após o julgamento.

Antônio se despede de Solânio antes de ser devolvido à cela. Assim que se vê sozinho, o mercador murmura para si mesmo um último desejo:

– Ah, Bassânio, eu lhe imploro: venha me ver pagar a sua dívida. O resto não me importa!

16. Como homens?

Pórcia, reconhecendo o quanto a amizade de Antônio é importante para a felicidade de seu marido Bassânio, decide ajudá-lo a qualquer custo. Para isso, articula um plano bastante delicado.

A jovem esposa de Bassânio instrui Lorenzo e Jéssica a cuidarem de seu palácio durante sua ausência. Conta que ficará reclusa em um convento, juntamente com Nerissa, até a volta de Bassânio e Graziano.

Na companhia de Nerissa, parte para Veneza, mas, antes, instrui um fiel servidor, Baltazar, a levar uma carta até seu primo Belário, que vive em Pádua:

– Preciso de sua lealdade, Baltazar.

– Estou ao seu dispor, madame. Sempre poderá contar comigo.

– Leve esta carta ao meu primo, o velho Belário, que é doutor em leis. Ele irá lhe entregar algumas vestes e alguns papéis. Traga-os para mim o quanto antes, a toda pressa, na gôndola que faz a travessia diretamente para Veneza. Agora vá, apresse-se... Vou esperá-lo na cidade, no convento de que lhe falei.

Nerissa, que a tudo ouvia, quis saber de Pórcia que plano tinha em mente e como pretendia salvar Antônio, para contentamento de Bassânio.

– Nós duas, Nerissa, iremos fazer coisas que você nem sequer imagina, e ainda menos sabe... E também vamos ver nossos maridos antes mesmo do que eles pensam.

– Como assim, senhora, por acaso nós conseguiremos vê-los, sem que eles nos vejam? Como isso pode ser possível?

– Eles irão nos ver, Nerissa, mas trajadas de tal modo que pensarão que somos dotadas de algo que não temos, nem nunca teremos...

– Nos verão como homens?

– Aposto que quando estivermos vestidas como dois jovens eu serei o mais bonito deles – Pórcia se gaba, brincando com sua dama de companhia. – Vou usar uma voz meio rachada de menino que vira homem... Vou mudar o jeito de andar, dando largas passadas, orgulhando-me de lutas e conquistas, como os homens gostam de fazer. Eu vou mentir a respeito de damas que me amaram e que morreram de amor por mim... Enfim, vou contar tanta mentira, que os homens que me ouvirem vão pensar que faz um ano que saí da escola. Conheço mil histórias como essas, que mil fanfarrões espalharam por aí... E vou usar todas elas para salvar a vida de Antônio!

– Quer dizer que vamos mesmo virar homens?

– Essa não é uma pergunta boa para se fazer! Mas tranquilize-se, minha cara, pois vou lhe contar todo o meu plano, Nerissa... No caminho para Veneza explico tudo o que planejei e tudo o que faremos assim que chegarmos.

17. O julgamento

Por sorte, Bassânio conseguiu encontrar-se com Antônio dois dias antes de seu julgamento. Apesar das condições não serem as mais adequadas, o reencontro reservou grandes emoções aos dois. Sentindo-se em apuros, Antônio começava a se despedir dos amigos que o visitavam. Por mais otimista que qualquer veneziano pudesse ser, sua crença se desfazia diante da obsessão de Shylock, que não demonstrava qualquer indício de vir a ceder um só milímetro à exigência de que se descumprisse o acordo.

Cercado de amigos, Antônio não passava um instante sozinho em sua cela, ocasião em que pôde constatar o quanto sua generosidade era reconhecida. Até mesmo seus carcereiros faziam vistas grossas à sua condição de prisioneiro. Afinal, quase toda a cidade cristã estava favorável a que a pena de Antônio fosse amenizada. De certa maneira, era quase unânime a compreensão de que Shylock tinha razão em cobrar a multa de Antônio, assim como também predominava o sentimento de que o judeu estava indo longe demais ao cobrar a penalidade, mesmo que Antônio tenha concordado com ela. A lei, no entanto, parecia julgar com mais severidade os fatos que se apresentavam, ou seja, tinha de ser cumprida a garantia que estava no acordo, que havia sido assinado por ambos.

Como tudo tem seu dia e hora, a data do esperado julgamento havia chegado. A Corte de Veneza, também sediada no Palazzo Ducale, estava concorrida. Mercadores, comerciantes, homens da comunidade judaica de Veneza e cidadãos comuns disputavam quase a tapas um lugar confortável na audiência. O clima quente da Corte contrastava com a manhã escura e úmida daquele sábado.

O julgamento tinha alcançado tal notoriedade que o próprio duque, fugindo à tradição, iria presidir a sessão. Ao seu lado, membros da Corte e do Senado formavam os doze jurados. O ambiente estava tenso: os ânimos acirrados e os corações acelerados denunciavam que não apenas Antônio e Bassânio aguardavam com ansiedade o veredicto de vida ou morte...

– O réu está presente? – pergunta o duque, dando início aos procedimentos legais.

– Presente, Excelência! – responde Antônio, procurando demonstrar firmeza, ainda que seu coração palpitasse sem a mesma convicção. – Aqui estou para servi-lo.

– Sinto muito, Antônio – lamenta o duque, apiedando-se do réu antes mesmo de o julgamento ter se iniciado formalmente. – Sinto realmente que você tenha de enfrentar um adversário que se mostra tão cruel e desumano, tão implacável e incapaz de algum tipo de piedade.

– Eu já fui informado de que Vossa Excelência tentou por todos os meios suavizar a pena exigida pelo meu credor. Mas, infelizmente, creio não haver leis que possam me livrar de todo o ódio que Shylock me reserva. Ofereço paciência à sua fúria e estou disposto a encarar de espírito leve a pesada tirania dessa sua ira.

Ainda que constrangido por não ter condições de interferir de maneira mais incisiva, o duque se mostrava de certa forma agradecido por Antônio mostrar-se compreensivo em relação aos rigores impostos pela lei. Dessa forma, a autoridade máxima de Veneza pôde tranquilizar-se diante do julgamento que presidiria e do provável veredicto que parecia inevitável, ainda que no fundo nutrisse certa esperança de que o judeu pudesse mudar de ideia.

– Onde está Shylock? Que alguém o chame para que compareça ao tribunal – ordena o duque.

– Aqui está o acusador, Excelência – um guarda acompanha o judeu até o centro do salão.

Com dificuldade para abrir caminho entre os presentes, Shylock parece arrastar-se entre a multidão, que o ofende e insulta por onde passa. Ao chegar ao local indicado, ele solta sua maleta no chão, abre o casaco e aguarda o duque lhe dirigir a palavra.

– Prezado Shylock, o mundo julga, e eu também assim penso, que está agindo com malícia, que vai ostentar sua maldade até a última hora... Aí então irá demonstrar sua clemência e seu remorso ainda mais estranhos do que a crueldade que aparenta. Assim, clamo por sua bondade e amor humanos, perdoando esse homem que, ainda por cima, já perdeu quase tudo o que tinha. O que me diz, judeu? Todos esperamos por sua sábia reconsideração.

A multidão silencia. Angustiados com a chance de perder o mercador, alguns amigos de Antônio não escondem as lágrimas em um canto do recinto. Bassânio está bem próximo a Shylock, praticamente de frente para o réu. Eles se entreolham. Bassânio procura expressar confiança; Antônio suspira apenas, alheio, perdido, como um condenado que não tem mais o que fazer nem o que esperar.

Shylock olha em volta, como se pudesse, ao mirar alguns, enxergar um a um todos os venezianos, olhos nos olhos, para dizer-lhes o que pensa.

– Já informei Vossa Excelência do meu propósito, e pelo nosso sagrado sábado volto a repetir: juro que terei o que está prometido como multa no contrato – anuncia, em baixo tom de voz. E, pausadamente, adverte: – Se o que peço me for negado, o perigo ameaçará o estado de direito e a liberdade da República de Veneza.

– Mas, reflita melhor... Prefere ter um pedaço de carne humana a receber seus três mil ducados com alguns dias de atraso?

– A essa pergunta não responderei! Mas posso dizer que é a minha vontade, um capricho... está bem assim? Faço o que tenho direito! Se houver um rato em minha casa e eu quiser pagar dez mil ducados para alguém matá-lo, o que alguém tem a ver com isso?... Isso serve como resposta?

O duque silencia. A plateia protesta entre gestos e cochichos. Shylock prossegue:

– Alguns homens não suportam porcos, outros ficam loucos quando veem gatos, e há quem não consiga evitar a urina ao ouvir o som de uma gaita de foles... Mas a afeição, que é mestre da paixão, pode comandá-la de acordo com o que ama ou odeia...

– O que está querendo nos dizer, Shylock? Poderia ser mais claro em suas comparações? – solicita o duque.

– Calma, Excelência... Terá agora a sua resposta... – Shylock pouco a pouco começa a levantar o tom da voz. – Não há razão para entender por que um não gosta de um porco de boca aberta, o outro não suporta um bichano birrento e o outro ainda não tolera uma gaita desafinada, por isso não darei a esta Corte outra razão senão o ódio arraigado e um imenso desprezo que sinto por Antônio! Será que consegui responder à sua pergunta?

Os argumentos de Shylock perturbam a audiência, que protesta gritando: "Não, não está respondido!". Muitos ofendem o judeu, cospem em sua túnica. Quem interrompe, argumentando contra o acusador, é Bassânio:

– Homem insensível! – ele profere, nervoso. – A quem está querendo enganar? A si mesmo? Sua resposta em nada justifica sua crueldade!

– Não sou obrigado a lhe agradar com minhas respostas! Não creia que vim aqui para isso... – responde Shylock com segurança.

– Quer dizer que todo homem deve matar aquilo que não ama? – rebate Bassânio, procurando contradições na fala do judeu.

– E por acaso alguém odeia sem ter vontade de matar? – retruca Shylock, provocando o rapaz.

– Claro que não! Mas nem toda ofensa tem de virar ódio!

– Por acaso deixaria uma serpente lhe picar duas vezes? – ironiza com prontidão, provocando ainda mais alvoroço entre os presentes.

A gritaria se instala na Corte. É certo que cada cidadão tem alguma opinião a dar. Mas é Antônio, com suas mãos atadas, que ao erguer os braços consegue ganhar a atenção de todos:

– Calma, Bassânio, pense bem: está lutando contra um judeu – o mercador volta a destilar suas impressões de cristão fanático e intolerante. – E pedir a algum judeu que mude de ideia é o mesmo que estar na praia e pedir à maré que suba menos que de costume.

A comunidade judaica, minoria no salão, protesta com veemência, mas é sucumbida pelo apoio da maioria cristã às palavras de Antônio, que prossegue:

– É mais fácil negociar com um lobo para que não ataque os cordeiros. É o mesmo que querer amolecer o que há de mais duro: um coração de judeu! – ele profere, com voz tolerante, tentando dissuadir os jurados. E se volta em direção ao duque: – Assim, eu imploro: não peçam nem proponham mais nada, e que de forma simples e justa, eu seja julgado, receba a sentença, e ele, a sua multa!

Mais uma vez a plateia protesta, em delírio coletivo, pedindo à Corte que não aceite a exigência de Shylock. Até que Bassânio, em ação premeditada, lança mão de uma derradeira investida para reverter o destino do julgamento:

– Por seus três mil ducados, judeu, eu lhe pago seis! – e manda dois homens entrarem com um baú de seis mil moedas, o dobro do que havia recebido quase quatro meses antes.

Shylock abre a tampa do baú, remexe nas moedas e, impassível, contesta, olhando nos olhos de Antônio:

– Mesmo que cada um desses ducados se transformasse em outros seis, ainda assim eu recusaria a oferta, preferindo a multa! – afirma com tranquila convicção.

– De quem espera a consideração se não a concede a ninguém, Shylock? – pergunta o duque, impressionado com a recusa.

– Por que esperaria o perdão? Que julgamento devo temer se nada fiz de errado? Alguém aqui poderia me dizer o que fiz de errado? – protesta Shylock, furioso. E resolve enfrentar o próprio duque: – Vossa Excelência tem aqui mesmo nesta Corte muitos escravos, que usa como se fossem cães ou mulas, impondo a eles as tarefas mais desprezíveis... E isso por quê? Porque os comprou, porque são seus! Por acaso eu poderia lhe dizer: "Liberte-os! Case-os com suas filhas!"... Posso lhe dizer isso?

O tribunal ouve Shylock em silêncio, atônitos, impressionados com a sua coragem e com seus fortes argumentos.

– Por que seus escravos suam carregando pesadas cargas? Dê a eles camas macias como as suas! Sirva a mesma comida que lhe é servida! E Vossa Excelência irá me responder: "Mas os escravos são meus!"... E assim eu também respondo: a libra de carne que exijo desse homem custou-me muito caro! Ela é minha! Ela é minha! Ela é minha! E eu a terei... Agora, duque e jurados desta Corte, prestem atenção: se me negarem essa libra de carne, podem dar adeus às suas leis! Os decretos de Veneza não terão mais força nem valor! E agora basta... Eu exijo a sentença! Ela é minha!

Seguem-se alguns segundos de silêncio, aparentemente eternos. Shylock se abaixa e abre calmamente sua maleta. Dela, retira uma afiada faca de açougueiro, intimidando e horrorizando Antônio e todos os presentes, inclusive o duque, que protesta:

– Tenho poder para dissolver este tribunal se continuarmos a sessão com esses argumentos... A não ser que Belário, um grande sábio das leis com quem costumo me aconselhar, chegue logo a Veneza para orientar--nos, a meu pedido, nesta difícil situação...

Nesse momento, Salério atravessa correndo o salão, dirigindo-se ao duque, e o avisa de que há um mensageiro, vindo de Pádua, com cartas do doutor Belário.

– Pois que entre esse mensageiro...

Um jovem, trajando vestimentas de auxiliar de advogado aproxima--se, com grande respeito, do duque de Veneza. Trata-se de Nerissa, muito bem disfarçada de homem. Diz que vem de Pádua, trazendo saudações do velho Belário. E entrega uma carta ao duque.

Enquanto o duque a lê, a discussão prossegue acalorada no salão...

– Por que não pára de afiar essa faca, Shylock? – questiona-o Graziano, que até então tinha permanecido em silêncio.

– Para cobrar a multa daquele mercador falido, oras!

– Cão maldito! – protesta Graziano. – Que justiça é essa que parece defender um lobo esfomeado?

– Proteja seus pulmões de sandices inúteis, meu jovem! Estou aqui para cumprir a lei! – Shylock mostra sua faca.

Todos protestam. O duque pede silêncio:

– A carta que acabo de receber do caro Belário recomenda um jovem e sábio doutor à nossa Corte. Onde ele estará?

– Aguardando do lado de fora desta Corte – responde Nerissa. – Espera apenas a sua permissão para entrar...

– Que venha, então. Vá buscá-lo, com todo o respeito desta Corte. Enquanto aguardamos, vou ler a carta para todos...

Compreenda que ao receber seu convite, estou muito doente. Porém, quando o mensageiro chegou, estava comigo, por coincidência, em visita de amizade, um jovem doutor de Roma, de nome Baltazar. Tomamos conhecimento juntos da causa que envolve a controvérsia entre o judeu e Antônio, o mercador, e consultamos numerosas obras. Ele está a par de minha opinião, mas poderá aprimorá-la com sua própria sabedoria, cuja grandeza não tenho palavras para expressar. Assim, ele irá, por insistência minha, atender seu pedido em meu lugar. Peço que não o julgue por sua pouca idade, que não deverá ser impedimento para que mereça o respeito da Corte. Na verdade, nunca vi um corpo tão jovem com uma mente tão madura. Deixo-o à sua gentil disposição para que possa tomar a melhor decisão.

– Aí vem o jovem doutor... Aproxime-se, por favor! Se foi Belário quem o enviou, tem todo o meu apreço. Seja bem-vindo e tome o seu lugar. Já conhece a essência da causa que julgamos?

– Conheço muito bem a causa toda – afirma ele, na verdade Pórcia por baixo de um disfarce perfeito de varão, com falso bigode e voz de falsete, inclusive. – Quem é o mercador e quem é o judeu?

– Apresentem-se, Shylock e Antônio – ordena o duque.

Ambos dão um passo à frente. O aspecto de Shylock é tão distinto do de Antônio que ninguém confundiria um com o outro.

– Seu nome é Shylock?

– Shylock é o meu nome, senhor.

Pórcia se aproxima do judeu, quase cochichando ao seu lado:

– Ainda que seja muito estranha a natureza de sua ação, a lei veneziana não pode negá-la, não é verdade? – E se dirige a Antônio: – O senhor está nas mãos dele, sabe disso?

– É o que parece, senhor.

– Admite que fez o trato? – interroga o falso e sábio doutor.

– Sim, eu o assinei, é verdade – reconhece Antônio.

– Então, o judeu terá de perdoar! – continua Pórcia em seu teatro.

– Eu... perdoá-lo? Diga-me quem vai me obrigar a isso! – provoca Shylock.

– A graça do perdão não é uma obrigação – Pórcia diz, engrossando a voz o máximo possível, fazendo-se de sábio advogado. – O perdão desce dos céus como uma chuva fina sobre a terra, abençoando-a duplamente: abençoa a quem dá e também a quem recebe. É mais forte do que a própria força, protegendo o monarca melhor do que a sua coroa. Mas o perdão supera essa imponência: ele é um atributo que pertence a Deus, e o poder terreno se faz divino quando a justiça se curva à piedade.

– Onde quer chegar com seu discurso? – pergunta Shylock.

– Caro judeu – Pórcia coloca a mão sobre o seu ombro –, embora peça-nos justiça, lembre-se que na justiça não se encontra a salvação. Se mantiver seu pedido, o senhor obrigará a Corte de Veneza a deliberar contra o mercador.

– É o que desejo, senhor. Eu mesmo respondo pelos meus atos! E exijo a pena e a multa do meu trato! É válido e lícito, não concorda?

– Mas ele não pode devolver o dinheiro ao senhor?

– Se for do seu desejo, claro que sim – intercede Bassânio. – Ofereci a ele, com esta Corte por testemunha, o dobro do valor devido. Se precisar, multiplico essa soma por dez! Ou, se preferir, posso oferecer a minha cabeça ou o meu coração em lugar do de Antônio... Isso não basta? Se não bastar é porque a maldade deste homem terá esmagado sua boa-fé! Dobrem a lei uma vez na vida para negar um capricho a esse demônio!

Bassânio está descontrolado, a ponto de os guardas precisarem contê-lo. Nesse momento, é a própria Pórcia quem responde a seu pedido:

– É impossível, meu rapaz. Não há poder que altere qualquer lei já promulgada! Não poderíamos criar um precedente desses, pois poderia em seguida ser usado para defender a mais podre das causas... Não, é impossível atender seu pedido!

– Sábio jovem, sábio jovem... – delicia-se Shylock. – Como eu o admiro!

– Quero ler o termo de compromisso – o falso doutor solicita, demonstrando desconfiança – Onde ele está?

– Aqui o tem, senhor. Leia-o, pois é muito claro em suas intenções – Shylock entrega-o a Nerissa, que também recolhe a cópia de Antônio, antes de levá-lo a Pórcia.

Pórcia compara as duas cópias, confirmando a veracidade dos documentos. Avalia que não tem nada para ser contestado, em princípio. Por isso faz uma última tentativa com Shylock:

– Caríssimo Shylock, nós vimos nesta Corte o jovem Bassânio oferecer-lhe o dobro do valor estipulado, mas o senhor recusou a oferta. Depois, a soma foi multiplicada muitas vezes, e ainda assim o senhor manteve-se irredutível em querer cobrar a multa que realmente lhe é devida. Peço encarecidamente: reflita uma vez mais...

– Eu jurei! Fiz um juramento aos céus! Está pedindo que cometa o crime de perjúrio, que quebre meu juramento? Não, não farei isso nem que Veneza inteira me peça de joelhos!

– Este título está vencido e, segundo a lei, o judeu pode cortar uma libra de carne bem junto ao coração do mercador! – Pórcia sentencia. Em seguida, dirige o olhar ao duque, a fim de que ele possa autorizá-la. Pesaroso e muito a contragosto, o duque é obrigado a aceitar.

Shylock afia sua faca insistentemente, irritando a todos, intimidando a plateia, deixando Antônio à beira do desespero. Pórcia se aproxima de Shylock, quase cochichando:

– Seja clemente, senhor, aceite a oferta em dinheiro e vamos rasgar este trato! – propõe.

– Aceitarei rasgar o trato... quando estiver pago de acordo com os seus termos. Sou um homem justo! – rechaça.

Antônio não aguenta mais tanta expectativa e sofrimento, tanta espera para que se cumpra o inevitável.

– Suplico a esta Corte, de todo o coração, que dê logo a sua sentença... – implora o mercador.

Pórcia se aproxima do duque. Eles trocam algumas palavras. Pórcia se dirige ao centro do salão. Os jurados ficam em pé. O duque orienta o chefe dos guardas, que instrui seus comandados a se aproximarem do réu. Pórcia toma a palavra:

– Que o mercador prepare o seu peito para a faca!

– Nobre juiz! – Shylock profere, enquanto a corte permanece silenciosa.

– A intenção e o propósito da lei têm total relação com a pena prevista no trato – declara Pórcia disfarçada em homem da lei.

– É verdade, sábio juiz! Realmente, o senhor é mais maduro do que aparenta sua juventude... – Shylock concorda.

– Prepare o peito, Antônio.

– Isso mesmo. Prepare o peito. É o que diz o trato. "Perto do coração", não é assim que está escrito?

– Exatamente, Shylock. E há balança por aqui para que possamos pesar a carne? – questiona o falso advogado.

– Eu tenho uma – diz Shylock, para espanto de Pórcia e de todos os presentes. Ele se abaixa e tira uma velha balança de dentro de sua maleta.

Antônio desmaia ao ver a balança e imaginar sua carne sendo colocada naquela bandeja. Os guardas o amparam. Bassânio e Graziano correm para socorrê-lo. Assim que Antônio é reanimado, Shylock recomeça a afiar a faca. Pórcia prossegue:

– E pague um médico para atendê-lo, Shylock.

– Um médico?

– Sim, um médico para atendê-lo. À sua custa, claro... Ou ele sangrará até morrer!

– Desculpe-me, senhor, mas está mencionado no acordo que eu pagarei um médico para ele?

– Não, não está... Mas o que importa o que está dito no acordo? Nesse caso, é bom que se faça por caridade!

– Não vejo nada aqui – Shylock coloca os óculos e examina o acordo que está nas mãos de Pórcia. E lhe dá as costas, dizendo: – Não está em nosso combinado!

Antônio é colocado sentado em uma cadeira. Os guardas abrem sua blusa, expondo o peito em que será feita a incisão. Um enorme crucifixo pode ser visto pendurado ao pescoço. O mercador esboça uma reação instintiva, mas é contido. Suas pernas são amarradas ao pé da cadeira. Cinturões enlaçam seus braços aos da cadeira.

– O mercador tem algo a dizer? – pergunta Pórcia.

–Muito pouco, muito pouco... Estou preparado – entristecido, ele diz olhando para seu fiel amigo. – Dê-me sua mão, Bassânio. Não lamente que eu tenha chegado a este ponto por sua causa... Fale de mim para sua bondosa esposa, explicando a ela por que e como eu morri.

Conte a ela do meu afeto por você, conte tudo... E, ao terminar, peça a ela para lhe dizer se você não foi amado ao menos uma vez na vida. Chore a minha morte, meu amigo, e não se arrependa por eu pagar a sua dívida. Se o judeu cortar bem fundo, eu a pagarei instantaneamente com todo o meu coração.

Ao ouvir as palavras de Antônio, Bassânio se desespera por sua total impotência e pela dor de vir a perder o seu melhor amigo. De pronto é acolhido por Graziano, que também está muito comovido. Pórcia ouve a tudo com grande admiração, e não consegue, apesar da trágica despedida e da seriedade da situação, deixar de sentir ciúmes de uma amizade tão profunda e verdadeira. O duque reza enquanto Shylock afia sua faca.

– Antônio, sou casado com uma dama que me é tão cara como a própria vida. Para que eu a pudesse ter, perco meu melhor amigo... Mas percebo agora que a própria vida, minha esposa e todo o mundo não me valem mais do que a sua vida! Eu perderia tudo o que tenho, sacrificaria todos eles a esse cruel sanguinário, só para livrá-lo desta pena!

Arrasada ao ouvir a confissão de seu marido, Pórcia apenas se contenta em comentar, com voz baixa, irônica:

– Se a sua esposa estivesse presente, imagino que não iria agradecê-lo pela oferta que faz.

Mas ninguém a ouviu. Graziano toma a palavra:

– Tenho uma esposa a quem amo muito – ele diz, enquanto Nerissa abaixa a cabeça. – Quem dera ela estivesse no céu para que tivesse o poder de interferir na decisão deste maldito judeu!

Igualmente surpreendida com a revelação, Nerissa comenta com a mesma ironia:

– Se estivessem em casa, creio que essa prece iria ser motivo de muita briga!

Como ninguém a ouviu, exceto Shylock, este toma a palavra:

– Que maridos cristãos... – comenta com sarcasmo. E enfurecido, brada: – E eu tenho uma filha! E daí? Eu preferia que um ladrão qualquer fosse seu marido a vê-la entregue a um nobre cristão como os senhores! Mas o que estamos fazendo... Estamos sim perdendo tempo! Vamos à sentença!

– Pode prosseguir – autoriza o duque.

– Muito bem, Shylock: uma libra de carne desse peito lhe pertence. Pela Corte e pela lei... sirva-se! – ordena o jovem disfarçado.

– Que sábio juiz... Que sábio juiz... – avalia Shylock, preparando-se para o corte.

– Deve cortar a carne desse peito, conforme decisão desta Corte e da lei de Veneza!

– Muito bem, já entendi... Agora, se me permite...

Um guarda põe a balança ao lado de Antônio. Shylock faz uma breve oração antes de cumprir a sentença. Antônio suspira, apavorado. Outro guarda passa um cinturão em torno do pescoço do mercador, para que não tente reagir. Antônio grita. Shylock ergue a faca. O duque vira o rosto. Shylock vai cortá-lo...

– Espere um pouco! – grita Pórcia, quase matando a todos de susto.

Shylock se volta para Pórcia, assustado. Não entende o que mais pode haver. Afinal, a sentença já foi dada, só lhe resta executá-la.

– Este acordo – ela segura o documento nas mãos – não lhe dá direito a uma só gota de sangue! Aqui está dito: "Uma libra de carne", nada mais. Pode pegar a sua libra de carne, mas se ao cortar pingar uma só gota de sangue cristão... Ah, a lei de Veneza é muito clara: perderá todo o seu patrimônio, que será confiscado pelo Estado.

– Sábio juiz! – Graziano repete a expressão usada várias vezes por Shylock.

Shylock está confuso.

– Essa é a lei? – ele pergunta, reconhecendo imediatamente que foi envolvido pelas artimanhas e a astúcia do jovem advogado.

Shylock se sente perdido, arruinado em sua honra e em seus propósitos. Num grande esforço, procura se controlar e sair de cabeça erguida do tribunal:

– Pois bem, aceito a oferta... Paguem o dobro do que deviam e soltem o cristão! – avisa, arrumando a faca e a balança de volta na maleta.

– Aqui está o dinheiro! – grita Bassânio, feliz da vida, empurrando o baú de moedas.

– Calma, jovem – alerta Pórcia. Ela se volta para Shylock, pensativa. – O senhor queria justiça, judeu, então terá mais justiça do que deseja. Mantenham o réu amarrado! Ninguém aqui está com pressa...

– O que mais deseja de mim? – pergunta Shylock.

– Terá a sua multa e nada mais, sem dinheiro... Portanto, prepare-se novamente para cortar a carne do mercador. E não derrame sangue! Não corte menos ou mais do que uma libra exata! Se cortar uma mínima parte de um vigésimo de um quase nada, se a balança mexer a mais ou a menos o espaço de um só fio de cabelo, o senhor perderá sua vida e seu patrimônio.

– Sábio juiz! – Graziano volta a ironizar as palavras do próprio Shylock. – Agora quero ver, judeu, como se sente estando em nossas mãos!

– O que está esperando, caro Shylock? – pergunta Pórcia, apontando para o peito desnudo de Antônio.

– Não terei nem mesmo a quantia exata, os meus três mil ducados?

– Estão aqui à sua espera... – reafirma Bassânio.

– Mas ele recusou o dinheiro no próprio tribunal! Agora não terá nada além de justiça e a multa exata, sob o risco de cobrá-la.

– Sábio juiz, sábio juiz... – a multidão repete a ironia de Graziano.

– Vão todos para o diabo! Retiro o meu apelo! Abandono a causa!

– Espere um pouco! – ordena Pórcia, antes de Shylock abandonar o salão. – A lei ainda tem uma acusação a lhe fazer... As leis de Veneza são claras: se for provado que um estrangeiro, por caminhos diretos ou não, tentou tirar a vida de qualquer cidadão, aquele contra quem ele tramou ficará com metade de seus bens, e os cofres do Estado ficarão com a outra metade!

Enquanto Pórcia expõe sua nova sentença, agora voltada contra Shylock, Antônio é desamarrado. Praticamente sem forças, e ainda abalado pela tensão que o envolve, desaba em choro compulsivo. A Corte permanece silenciosa enquanto acompanha a desgraça que se apresenta ao judeu.

– E mais: a vida do culpado, no caso o senhor, fica à mercê do duque, sem direito à apelação. Vossa Excelência decidirá se o judeu deve viver ou morrer!

Shylock desaba diante do duque, caindo de joelhos. Não sabe exatamente o que seria melhor: permanecer vivo e humilhado ou morrer para não precisar dar conta do que o espera dali em diante. Mas o duque decide antes dele:

– Para que veja como nossos espíritos são diferentes, poupo sua vida antes que me peça. E como já disse nosso jovem e sábio advogado, metade de sua fortuna ficará com Antônio, e a outra metade, com o Estado.

– Não... Tome a minha vida junto com o resto... Para que serve o perdão se me toma a casa e tudo o mais que a sustenta? Ao tomar os meus meios de viver, toma de mim a própria vida!

Implacável, o destino ainda reserva novas penalidades ao judeu...

– Pode dar algum perdão a ele, Antônio? – pergunta Pórcia.

– A corda para a forca! – interrompe Graziano.

– Peço ao duque e à Corte que perdoem o confisco de metade dos seus bens. Eu pago a multa que o Estado determinar e fico com o usufruto de todo o patrimônio do judeu. Mas não faço isso por mim... Comprometo-me a entregar tudo, quando o judeu morrer, ao cavalheiro que roubou a sua filha Jéssica.

– É uma nobre ação, mercador – elogia Pórcia.

– Mas faço isso com duas condições. A primeira é que ele assine, ainda neste tribunal, a doação de tudo o que tiver em nome de Lorenzo e Jéssica. A segunda condição – Antônio volta-se para Shylock – é que se torne cristão imediatamente!

Ao ouvir tal condição, Shylock cai de joelhos, curva-se para a frente e bate a testa no chão de mármore do tribunal. Geme como uma criança abandonada pela mãe, ou um animal que recebesse uma punhalada na barriga. Toda a comunidade judaica presente no salão, incrédula e revoltada, curva-se em reverência e solidariedade a um irmão de sangue e de fé.

O duque confirma o pedido de Antônio:

– Shylock cumprirá as duas condições. Se não o fizer, cancelarei o indulto que acabo de lhe dar.

– Está satisfeito, judeu? – Pórcia pergunta, vitoriosa.

Shylock não diz mais nada, derrotado, humilhado, desonrado. Apenas é capaz de emitir gemidos de pura dor. Pórcia volta a perguntar:

– Não ouvi bem... O que disse? – a moça insiste em humilhá-lo.

– Estou satisfeito... – pronuncia atônito.

O duque ordena que o escrivão redija o termo de doação dos bens. Shylock implora para que possa se retirar:

– Excelência, deixe-me sair daqui, não me sinto nada bem... Envie a escritura para mim, creia-me, eu a assinarei.

– Pode ir, confio que a partir de agora nos ouvirá e obedecerá... O julgamento está encerrado, e a Corte, dispensada!

Shylock se arrasta para fora do tribunal, sendo destratado a cada passo por muitos dos presentes à audiência. Os judeus que acompanham sua humilhante saída, revoltados, acabam por envolver-se em muitas discussões.

O duque, os senadores e os jurados deixam a Corte, satisfeitos. Antônio, Bassânio e seus amigos sentem-se finalmente vingados, admitindo que a justiça por fim acabara por se revelar. Pórcia, resguardada em sua fantasia masculina, retira-se ciente de que a vitória deveu-se exclusivamente à inteligência e ao empenho de uma mulher.

18. Jogo de anéis

À saída do Palazzo Ducale, a multidão se aglomerava em discussões intermináveis pela Praça San Marco. De um lado, aqueles que vibravam com a decisão do julgamento; de outro, os cristãos que não concordavam com a severidade da pena e a humilhação imposta a Shylock, além da própria comunidade judaica, mais uma vez submetida ao poder político e econômico dos cristãos da República de Veneza.

Um culto católico já se iniciava na Basílica ao lado do Palazzo, em comemoração à vitória de Antônio e à sua fervorosa fé. Já nas sinagogas do gueto judeu, desenrolavam-se encontros de grande pesar pelo destino do agiota Shylock, afinal, até mesmo o direito de professar a sua fé lhe foi arrancado.

No atracadouro diante da Praça, Pórcia e Nerissa estavam prestes a embarcar para Belmonte, ainda vestidas de advogado e assistente, quando Antônio, Bassânio e Graziano as alcançaram. Sentindo-se em grande dívida com o desempenho decisivo do jovem senhor das leis, Antônio, cuja vida a ele devia, necessita recompensá-lo de alguma maneira.

– Acreditem, senhores: estaremos eternamente em dívida com o afeto e a ajuda que nos propiciaram.

– Meus amigos e eu – declara Bassânio a Pórcia – nos livramos de toda desgraça que se anunciava graças à sua sabedoria. Gostaríamos de recompensá-lo com os três mil ducados que nos sobrou nessa empreitada, ainda que saibamos que sua conquista e a vida de nosso caro Antônio não tenham preço que os pague.

– Sente-se bem pago quem está contente – responde Pórcia, na pele do advogado –, e eu estou contente de libertá-lo e de reunir novamente à mesa amigos de tão profundo afeto. Isso por si já me basta. Adeus.

Pórcia puxa Nerissa para que saiam o quanto antes da frente dos três cavalheiros, temendo que possam ser reconhecidas. Mas Bassânio insiste:

– Senhor, tome de nós uma lembrança ao menos, se não como pagamento, ao menos como uma homenagem.

Após alguns segundos de reflexão, Pórcia cede:

– Já que insiste tanto, aceito sua oferta... Dê-me suas luvas, senhor Antônio, eu as usarei em sua homenagem... – ela toma as luvas do mercador. Em seguida, segura as mãos de Bassânio: – Do senhor eu tomo este anel...

Bassânio retira a mão quase por instinto, surpreendendo-se com o pedido do jovem advogado.

– Calma, senhor, não retire a mão desse jeito! Não peço muito... Queria recompensar-me, e sua gratidão não vale o preço do que lhe peço? Só quero o anel!

– Esse anel não vale nada, senhor... Seria até mesmo vergonhoso se o desse – Bassânio procura remover o interesse pela peça que sela o pacto de amor eterno com sua esposa.

– Bem, pois saiba que já que não tem valor, agora mesmo é que não desejo outra coisa, só o anel me interessa!

– Compreenda que para mim ele tem outra importância, seu valor é sentimental... Posso, no entanto, dar-lhe o anel mais valioso de toda Veneza, qualquer um, de qualquer tipo, da maior grandeza... Perdoe-me, por favor, este que carrego comigo só a mim pode interessar.

– Ora, ora, já vi que só é capaz de ser generoso nas palavras... Ensinou-me a mendigar e agora me destrata desse jeito? – Pórcia o provoca, testando os sentimentos de Bassânio.

– Senhor, foi minha mulher quem me deu este anel, e me fez prometer que jamais iria dá-lo, vendê-lo ou tirá-lo do dedo, sob pena de me abandonar.

– Quantas desculpas... Mas não acha que quando sua esposa souber o que fiz pelo senhor, pelo seu amigo, e tiver conhecimento do quanto eu mereci cada grama desse anel, certamente não ficaria zangada a vida inteira só porque me deu em sinal de eterna gratidão... Bem, a não ser que ela seja alguém de poucas virtudes! Agora nos vamos... Fiquem em paz!

E entram na embarcação. Pórcia e Nerissa se divertem vendo a indecisão que aflige Bassânio. No fundo de seu coração a jovem esposa alegra-se sinceramente com a prova de amor do marido. Ao se recusar a dar o anel, provou o quanto a amava e levava a sério o compromisso que assumiram. Mas é Antônio quem toma as rédeas da situação, ao ver o barco do advogado partir sem que tivesse sua recompensa entre os dedos:

– Bassânio, por favor, não faça isso... Vá atrás dele e lhe entregue o anel. Faça isso porque é o justo, afinal ele fez por merecer. E faça também pelo meu afeto, pois eu também o mereço! Quase dei meu coração ao judeu por me dispor a ajudá-lo a conquistar sua esposa. Não acha que em troca pode dar um anel que recebeu de presente? O que é a ordem de uma esposa diante do compromisso de nossa amizade? Ora, Bassânio...

Confuso, o jovem recém-casado acaba por aceitar os argumentos de Antônio. E pede a Graziano que os alcancem na embarcação, que se afastava da cidade, e entregue a “Baltazar” o anel que lhe interessara.

Graziano sobe em uma gôndola e com algum esforço alcança a embarcação:

– Senhor Baltazar, meu amigo Bassânio ouviu novos conselhos, reconsiderou e lhe manda entregar este anel, em sinal de agradecimento e eterna amizade pelo que fez hoje na Corte de Veneza por seu amigo Antônio.

– Agradeça-o em meu nome e em nome do meu assistente – responde Pórcia, sentindo que a dúvida quanto ao amor eterno agora ocupava um lugar ao lado dela na embarcação.

– Na verdade, senhor Graziano – Nerissa, disfarçada em assistente, dirige-se ao marido –, se possível, eu também gostaria de levar uma lembrança deste dia tão ilustre...

Graziano, pressentindo que poderia também ser vítima do mesmo pedido, põe as mãos para trás, escondendo o anel que também ganhara de sua esposa.

– Não vá ter o mesmo comportamento ingrato do jovem Bassânio, não é?! Vamos... – ela estende a mão. – Dê-me seu anel como recordação do dia em que livramos seu amigo da morte.

Constrangido e visivelmente contrariado, Graziano se vê sem saída. E entrega o anel a Nerissa. Vira as costas e retorna para a gôndola, que estava presa ao barco que as conduzia.

Pórcia e Nerissa caem na risada. Queriam voltar logo para Belmonte e preparar a recepção a seus maridos no dia seguinte. Antes, porém, precisariam passar no convento onde haviam se hospedado nos últimos dias, para então se transformarem novamente nas moças formosas que eram, deixando para trás as pesadas indumentárias masculinas e os desconfortáveis bigodes e perucas postiços.

19. Eterno amor

Pórcia e Nerissa chegaram a Belmonte no final da noite. Um mensageiro seguiu na frente, a fim de avisar Lorenzo e Jéssica, que prepararam uma grande recepção para as duas.

Muitas tochas iluminavam o cais, os jardins e a entrada do palácio. Alguns músicos tocavam as canções preferidas de Pórcia assim que ela desceu da embarcação.

– Bem-vinda ao lar, senhora – Lorenzo as recebe.

– Estávamos rezando pelos nossos maridos... Eles já voltaram de Veneza?

– Ainda não, senhora. Mas um mensageiro chegou há pouco para avisar que chegarão junto com a aurora... Acaso tem alguma notícia de Antônio, o mercador? – pergunta Lorenzo.

– Ouvi dizer que o julgamento terminou hoje à tarde, mas de nada sei além disso. Tomara que nossas preces tenham ajudado...

– Nerissa, venha cá. Reúna toda a criadagem e ordene que não comentem a nossa ausência de Belmonte em hipótese alguma. Creio que posso contar com vocês dois, Lorenzo e Jéssica?

– Claro, madame! – ambos respondem, ao mesmo tempo. – Somos muito gratos pela sua hospitalidade e tudo faremos para sua felicidade.

Assim que Pórcia e Nerissa se acomodaram, alimentaram-se e repousaram, uma trombeta anuncia a chegada dos homens de Veneza, seus esperados maridos. Elas correm até o balcão da entrada do palácio, mas ficam decepcionadas ao perceberem que Bassânio e Graziano estavam acompanhados de Antônio.

– Seja bem-vindo, meu amado – cumprimenta Pórcia sem demonstrar o entusiasmo que gostaria.

– Obrigado, minha querida. Dê também boas-vindas ao meu amigo Antônio, de quem tanto lhe falei. A ele sou infinitamente devedor! – pede Bassânio.

– Acredito, pois ouvi dizer que ele devia muito por sua causa!

– São dívidas que já estão pagas e esquecidas... – contesta o mercador.

– Antônio acaba de saber que três de seus navios chegaram há pouco ao porto de Veneza, todos carregados e a salvo! – Bassânio comunica com entusiasmo.

– Que boa notícia! Seja bem-vindo à nossa casa, caro Antônio. Entrem... Vamos brindar a este encontro!

Após a refeição, todos se encaminharam para o salão de jogos. Em pouco tempo já se faz ouvir a discussão entre Nerissa e Graziano:

– Eu juro que está enganada! Eu dei o anel ao assistente do advogado... Acredite em mim, é verdade! Ele não aceitou outra oferta que não fosse o anel que eu trazia no dedo!

– O que é isso? Tão pouco tempo de casados e já estão brigando? – Pórcia intervém.

– Um mísero anel de ouro que ela me deu... – explicava Graziano. – Um anelzinho com uma inscrição gravada, um versinho barato: "Ame-me e nunca me deixe"...

– O que importa se o anel ou o versinho são baratos? Você jurou, quando ganhou o anel, que o usaria até a hora da morte, que iria com você até o túmulo! – Nerissa dá alguns tapas nos ombros de Graziano, que foge pelos cantos da sala. – Se não fosse por mim, ao menos por ter jurado! Um homem que dá sua palavra em juramento não poderia ter dado o anel nunca! E ainda diz que foi a um assistente de advogado... Duvido que tenha barba esse assistente!

– Era um rapaz novo, assim do seu tamanho, Nerissa... Dei-lhe o anel no lugar de honorários. Ele merecia, pois ajudou a nos livrar de um grande sofrimento... Se não fosse por esses dois jovens de Pádua, Antônio estaria morto!

Pórcia e Nerissa, cúmplices em seu segredo, mantêm-se firmes em seus propósitos de verificar e comprovar o amor de seus maridos. Vendo Bassânio quieto, sem dar palpites na situação complicada em que o amigo havia se metido, Pórcia encontra motivos para provocá-lo:

– Devo dizer que agiu errado, Graziano, ao ceder de forma leviana o primeiro presente que ganhou de sua esposa. Eu também dei um anel ao meu amor, e o fiz jurar que jamais o desgrudaria da carne... – ela se insinua para o marido, segurando em sua mão, fingindo não perceber que ele está sem o anel.

Bassânio procura disfarçar ao dar a mão para a esposa, mas empalidece e começa a suar frio. Pórcia prossegue:

– Ouso jurar por ele que não daria o anel que lhe dei, nem o tiraria do dedo por qualquer razão deste mundo.

Bassânio, tentando manter a calma, cochicha para Antônio:

– Melhor seria eu cortar a mão esquerda e dizer a ela que a perdi defendendo o anel...

Graziano, inconformado de pagar sozinho pelo erro que cometeu por causa de Bassânio, vendo que apenas Nerissa se revoltava com a atitude que havia tomado, sem que Pórcia também a acompanhasse na revolta, acaba por denunciar o amigo na tentativa de minimizar a enrascada em que se encontrava:

– Já olhou a mão do seu marido, senhora Pórcia? Bassânio também foi obrigado a entregar o anel! O dele foi pedido como recompensa pelo bom serviço do advogado, e o meu, pelo do assistente... Na verdade, o advogado fez por merecer cada milímetro do anel de Bassânio! Eu é que fui azarado... O assistente, que apenas o ajudou nos papéis e nos recados, acabou por pedir o meu também. E o que eu poderia dizer? Além do mais, eles não aceitaram outra forma de pagamento que não fosse em objetos pessoais!

– É verdade, meu amor? Não acredito que tenha dado o anel que lhe dei! – Pórcia exclamou inconformada, fingindo surpresa com o que tinha acabado de ouvir.

– Não vou somar uma mentira a um erro... Pode ver minha mão: está vazia! – confessou Bassânio, muito sem jeito.

– Vazio é também o seu falso coração! – Pórcia se mostra profundamente magoada. – Não dormirei com você enquanto não recuperar o meu anel!

– E eu também não – conclui Nerissa, dirigindo-se a Graziano. – Não dormirei com você se o anel que lhe dei não aparecer!

A situação se apresentava complicada para Bassânio e Graziano, que logo após chegar a Belmonte, contentes pela vitória e pelo retorno ao lar, já se viram presos em um labirinto quase sem saída. Os criados, assim como Lorenzo e Jéssica, assistiam constrangidos àquela briga de casais. Além de Antônio, que, quieto em seu lugar, sentia-se responsável por aquele momento dramático na vida dos recém-casados.

– Minha adorada Pórcia, se soubesse a quem dei o anel e por quem dei o anel... E se imaginasse por que eu o cedi, e o quanto me custou dá-lo... Não ficaria assim tão transtornada! – Bassânio procurou explicar-se mais uma vez.

– Doce Bassânio, se conhecesse a virtude daquele anel ou metade do valor de quem lhe presenteou... Ou, se valorizasse a sua própria honra em preservá-lo sempre consigo, como selo de nosso amor, jamais teria renunciado a ele! Aposto como Nerissa está certa: vocês devem ter dado os anéis a outras mulheres!

– Não, Pórcia, jamais olharia para outra mulher em minha vida. Juro pela minha honra e por minha alma que não o dei a uma mulher – apela Bassânio. – Já disse e repito: dei-o a um sábio doutor que recusou três mil ducados e implorou pelo anel como uma recompensa simbólica de nossa gratidão. Não quis entregá-lo, todos estão de prova como tentei protegê-lo, mas o jovem Baltazar mostrou-se magoado por ter salvado o meu amigo Antônio e não receber o que pedia... Procure entender, fui obrigado a dar o anel!

– Tomara que esse doutor não apareça por aqui, ou serei obrigada a lhe dar tudo o que me pedir... – ela o provoca, fazendo Nerissa sorrir.

– E eu também daria a esse escrivão, ou assistente, tudo o que ele me pedisse... – Nerissa olhou maliciosa para Graziano.

– Se ele aparecer por aqui – alerta Graziano, enciumado –, quebro a cara dele e ainda arranco o anel da sua mão!

– Lamento profundamente ser a causa dessas brigas todas! – Antônio intervém, mas ninguém lhe dá atenção. E a discussão prossegue...

– Perdoe-me por meus erros, Pórcia. Diante de tantas testemunhas, juro do fundo do meu coração, e pelos seus belos olhos, jamais quebrarei sua confiança novamente! Nunca mais!

Comovida, Pórcia parece sentir honestidade nas palavras de Bassânio. Antônio interfere, opinando sobre o amigo:

– Penhorei meu corpo para dar dinheiro a este jovem amigo. Mas agora ouso entregar minha alma como garantia de que seu marido jamais trairá novamente sua palavra.

Pórcia sente-se aliviada. Entende que alcançou seu objetivo: crê que agora poderá ter Bassânio apenas para si, sem dividi-lo mais com o mercador.

– Agora o senhor será fiador de Bassânio – avisa-o. E puxa o anel que tirou do marido em Veneza. – Entregue este anel a ele, e peça que o guarde com mais cuidado do que o outro!

– Tome Bassânio... Guarde-o bem... – pede Antônio, entregando o anel ao amigo.

– Mas é o mesmo anel que dei ao doutor! – admira-se o jovem.

– Foi ele que me deu, Bassânio. Peço-lhe perdão, mas, pelo anel, tive de sair com o doutor! – insinua Pórcia, provocando no marido um olhar de ciúme que não conhecia.

– Eu também lhe peço perdão, Graziano, mas pelo anel saí com o assistente do doutor! – afirma Nerissa, entregando o anel a seu marido.

– Mas então a emenda saiu pior que o soneto? – Graziano pergunta a Bassânio. – Já fomos traídos antes mesmo de nossa noite de núpcias?

– Não seja rude, Graziano – interrompe Pórcia. – É tudo uma grande e inesperada surpresa! Leiam esta carta que veio de Pádua, do velho Belário, que é parente meu... Por meio dela saberão toda a verdade: eu era o sábio doutor, e Nerissa, meu assistente. Fui orientada em como atuar, o que dizer e como agir durante o julgamento.

– Isso seria impossível. Jamais deixaria de reconhecê-la. E, além do mais, como teria sido capaz de vencer os argumentos de Shylock, convencendo a Corte e todos os presentes com sua atuação? Estou pasmo, pasmo. E como posso ter certeza disso? – pergunta Bassânio.

– Pergunte a seu amigo Lorenzo, aqui ao nosso lado... Ele é testemunha de que partimos assim que saíram, e também que acabamos de voltar.

Incrédulos, Bassânio e Graziano abraçam suas esposas, emocionados e surpreendidos. De uma só vez, conheceram mais sobre elas, suas virtudes

e do que são capazes, do que em anos de convivência. Bassânio brinca com Pórcia:

– Doce doutor, agora poderemos dormir juntos. Mas, quando eu não estiver, permito que tenha a minha esposa toda para si!

– Bem, as surpresas desta noite ainda não terminaram... – Pórcia olha para Nerissa. – Lorenzo, creio que "meu assistente" tem algo para entregar a você e a Jéssica.

– Tomem este papel... Esta é uma doação feita pelo rico judeu Shylock, em favor da filha e seu marido, de todos os seus bens após sua morte.

Lorenzo fica radiante, mas Jéssica, ao contrário, não transparece qualquer felicidade, como se intuísse o motivo pelo qual seu pai fora obrigado a assinar o documento. Ela portava todas as joias levadas da casa do pai, e não se desgrudava em especial de uma delas: o anel turquesa que sua mãe havia dado a Shylock. Jéssica estava saudosa do pai, preocupada com seu infortúnio... Sair de casa da forma furtiva como saiu, sem se despedir do pai e sem receber a sua bênção, foi a única alternativa que havia encontrado para ficar ao lado do homem que ama, Lorenzo. Isso, porém, não a impedia de se sentir presa em afeto a Shylock, cujo carinho de pai jamais poderia esquecer.

Nerissa e Graziano finalmente se abraçam e se recolhem:

– Oh, meu querido assistente... – ele corre atrás dela. – Vai se arrepender de ter devolvido o anel que minha amada me deu...

Já Pórcia, cansada e profundamente satisfeita com os resultados alcançados, aproxima-se da janela de seu quarto, olha o sol nascente sobre o mar de Belmonte. Volta-se para Bassânio, e sussurra:

– Está quase amanhecendo... e bem sei que ainda há muito para conversarmos, meu amor... Vamos dormir, pois ainda temos todos os dias e noites pela frente!

Por trás do pano: Os bastidores de *O mercador de Veneza*

Um novo lugar para uma velha diversão

Há muito tempo as peças teatrais são um entretenimento comum na Inglaterra. Várias gerações de atores encenavam dramas e comédias em feiras, campos ou palácios. Mas, apesar disso, até o final do século XVI não havia teatros. O primeiro deles só foi construído em 1576, à custa das constantes brigas entre os atores e o prefeito de Londres, pois as multidões que eles atraíam aos seus espetáculos perturbavam a ordem da cidade. Isso só acabou quando um desses atores, James Burbage (1531-1597), construiu um teatro em um subúrbio de Londres, fora da jurisdição do prefeito. Chamava-se simplesmente O Teatro. A casa fez enorme sucesso, e logo apareceram outras.

Com os novos teatros e o interesse do público, surgiram grupos de atores e autores teatrais que marcaram uma importante era na dramaturgia inglesa e mundial. Como esse movimento artístico aconteceu sob o reinado da rainha Elisabete I (1533-1603), ficou conhecido como teatro elisabetano.

Encenação no teatro *O Cisne* (*The Swan*), em 1596. Desenho de Johannes de Witt: os teatros elisabetanos costumavam ter três andares, onde ficavam as galerias, e eram construídos ao redor de um espaço central aberto, onde ficava o palco — uma plataforma cercada por três lados pela plateia, que assistia às peças em pé, muito próxima dos atores. Na parte posterior do palco, havia portas para a entrada e saída dos atores.

Autores-atores-produtores

A companhia teatral dos tempos da rainha Elizabete I era uma "confraria de atores", em que todos os membros eram sócios do negócio. Essas primeiras companhias tinham de 10 a 15 atores, com dois ou três garotos (para representar papéis infantis e femininos), e alguns empregados pagos. E eram os próprios membros da companhia, ou um deles, que escreviam os espetáculos a serem encenados. Todas tinham seu ator principal, para quem as peças eram especialmente desenvolvidas, valorizando seus talentos. Outro membro importante da trupe era o palhaço ou o comediante. Como as mulheres não tinham permissão para representar, os papéis femininos eram feitos pelos atores mais novos. As mulheres podiam, porém, assistir às apresentações. As nobres costumavam esconder suas identidades atrás de máscaras. Afinal, teatro era uma diversão vulgar!

Alguns autores se destacaram com as histórias que criaram. O primeiro grande dramaturgo do teatro elisabetano foi Christopher Marlowe (1564-1593). Suas peças eram muito populares, e os críticos modernos ainda as consideram importantes. Mas Marlowe morreu cedo, assassinado com uma punhalada no olho quando tinha apenas 29 anos. Se tivesse vivido mais, provavelmente seria bastante conhecido hoje em dia. Seu lugar foi ocupado por um jovem autor e ator do interior, influenciado pela obra de Marlowe. Esse autor conquistou não só Londres e a Inglaterra, mas todo o mundo desde que começou a escrever. Seu nome era William Shakespeare.

Retrato de Christopher Marlowe (Autor anônimo).

O bardo de Stratford

William Shakespeare nasceu em 1564, na pequena cidade de Stratford, às margens do rio Avon. Seu pai, John, era um rico mercador. Shakespeare se casou cedo, quando tinha apenas 18 anos. Sua mulher, Ann Hathaway (1556-1623) era oito anos mais velha que ele — algo raro para a época. Apesar de terem três filhos, Shakespeare deixou sua família no começo da década de 1590 e foi para Londres, trabalhar no teatro. Mas volta e meia retornava à sua cidade natal, para passar alguns dias com a família.

Apesar de não se saber muita coisa sobre o começo da vida de Shakespeare, ele parece ter ficado famoso entre os autores londrinos logo nos primeiros trabalhos. A fama o aproximou de Christopher Marlowe. Os dois dramaturgos permaneceram amigos até a morte do último, trocando ideias e experiências.

Em 1594, os teatros reabriram após uma terrível peste ter assolado Londres. Nesse ano, Shakespeare se tornou membro da confraria Os Homens do Lorde Chamberlain, liderada por James Burbage, aquele que havia construído O Teatro. As peças escritas por Shakespeare para o grupo fizeram um tremendo sucesso, consolidando ainda mais sua reputação.

Por conta de disputas com o dono do terreno, a companhia do lorde Chamberlain resolveu demolir O Teatro e construir outro em um lugar onde não houvesse problemas. Assim, surgiu em 1598 The Globe. As despesas da construção da nova casa de espetáculos foram rateadas

Adam Woolfitt/Corbis/LatinStock

O teatro The Globe, construído em 1598 por Shakespeare e seu grupo, Os Homens do Lorde Chamberlain (maquete).

entre os principais membros da confraria, inclusive Shakespeare. Naquela temporada, Will de Stratford, como tinha sido apelidado, foi aclamado o maior dramaturgo da Inglaterra. Livreiros imprimiam e vendiam suas peças mais populares, muitas vezes em versões piratas.

A companhia de Shakespeare se apresentava frequentemente no palácio real para a rainha Elisabete I. Mas, quando ela morreu, Shakespeare e sua trupe encontraram no novo rei, Jaime I (1566-1625), um patrono ainda mais entusiasmado. Jaime I, que reinou entre 1603 e 1625, adotou a companhia e promoveu seus membros a seus próprios servos. A partir desse momento, a confraria de Shakespeare passou a se chamar Os Homens do Rei.

A partir de 1601, Shakespeare passou a escrever menos. Novos e talentosos autores também surgiram, rivalizando com ele. Rico e reconhecido, em 1607, o dramaturgo voltou para Stratford, onde passou a viver com a mulher. Seu filho Hamnet havia morrido em 1596 e suas duas filhas já estavam casadas. Shakespeare escreveu ainda algumas peças. A última delas, *A tempestade*, foi encenada na corte em 1611.

Will de Stratford morreu em 1616 na sua cidade natal. Segundo se conta, ele passou uma noitada com amigos e, por conta da friagem, "apanhou uma febre" que se revelou mortal. Tinha 52 anos.

MR. WILLIAM
SHAKESPEARES
COMEDIES,
HISTORIES, &
TRAGEDIES.
Publifhed according to the True Originall Copies.

LONDON
Printed by Ifaac Iaggard, and Ed. Blount. 1623.

W. W. Norton & Company

William Shakespeare, o bardo de Stratford, retratado na primeira edição de suas obras completas (gravura de Martin Droeshout, cerca de 1623).

O mercador de Veneza

Na temporada de 1597, Shakespeare escreveu a peça *O mercador de Veneza*. A comédia, na qual figura seu primeiro grande personagem trágico, o judeu Shylock, marca uma mudança no estilo de Shakespeare. Nesse trabalho, o dramaturgo aumenta a prosa e diminui a quantidade de versos. É uma das suas primeiras obras-primas.

Para alguns autores, *O mercador de Veneza* é reflexo da onda de antissemitismo que varreu a Inglaterra na década de 1590. O médico da rainha, o judeu-português Roderigo Lopez, foi envolvido em uma trama e acusado de planejar a morte de Elisabete I. Apesar de Lopez ter sido efetivamente enforcado em 1594 (provavelmente sem nenhuma culpa), a hostilidade contra os judeus se alastrou por toda a Inglaterra.

Christopher Marlowe havia escrito, em 1589, uma peça chamada *O judeu de Malta*, cujo protagonista, Barrabás, é incrivelmente sórdido e vil. Aproveitando-se da atmosfera contrária aos judeus, a companhia dos Homens do Lorde Almirante, rival da confraria de Shakespeare, encenou o texto de Marlowe. Foi um sucesso!

Em resposta, Os Homens do Lorde Chamberlain pediram ao seu principal dramaturgo, William Shakespeare, que criasse uma peça sobre o tema. Assim teria nascido *O mercador de Veneza*.

O texto de Shakespeare foi inspirado em diferentes obras que eram populares no seu tempo. Para o galanteio de Pórcia pelos pretendentes, por exemplo,

Shylock e Jéssica, óleo sobre tela de Newton Gilbert Stuart, 1830.

Shakespeare se baseou no conto "Gianetto", da coletânea italiana *Il Pecorone*. Na história, três pretendentes que disputam a mão de uma moça têm de passar uma noite inteira acordados. Já os três cofres de Pórcia aparecem em um dos contos do Decamerão, de Giovanni Boccaccio (1313-1375). A ideia de pagar a dívida com uma libra de carne também não era nova. Em um livro da época, *O orador*, havia uma oração intitulada "De um judeu que queria, por uma dívida, obter uma libra de carne de um cristão".

Mas, se o judeu de Christopher Marlowe é cruel e desumano, Shylock é retratado como vítima das perseguições dos cristãos. Shakespeare está longe de ser antissemita. Ele deixa claro que a raiva e a amargura do seu personagem resultam do tratamento mau e injusto recebido dos cristãos. Na verdade, Shylock é um personagem cheio de dignidade e humanidade.

Um povo expatriado

Os judeus estão na Europa desde a época do Império Romano. Depois que foram expulsos de Israel pelos romanos, em 70 d.C., passaram a viver na diáspora, ou exílio. Muitos se refugiaram nos países árabes vizinhos ou foram para a Europa. Outros imigraram para o continente europeu quando os árabes invadiram a Espanha e o Sul da França, no século IX. Diversos judeus que viviam entre os muçulmanos os acompanharam em suas conquistas, estabelecendo-se no Sul da Europa.

No início, viviam em plena liberdade e gozavam dos mesmos direitos que os nativos. Mas no século XI a Igreja cristã se separou em duas: a Igreja de Roma e a Igreja Oriental, ou Ortodoxa. A Igreja de Roma buscou, imediatamente, estender sua influência. Para isso, era preciso combater os infiéis (entenda-se "as outras religiões"), e aumentar o número de conversões ao catolicismo. E os judeus começaram a ser perseguidos.

Todo o tipo de preconceito foi direcionado contra eles. Eram acusados de ter assassinado Jesus, e o costume de manchar a porta das suas casas com o sangue do cordeiro sacrifical na Páscoa levou seus perseguidores a acreditar que, em vez de carneiro, os judeus sacrificavam crianças. Os cristãos chamavam esse crime de "libelo de sangue". Há relatos da Idade Média sobre aldeias judias pilhadas e destruídas simplesmente porque uma criança cristã havia desaparecido.

Em Veneza, como em várias outras cidades, principalmente alemãs, os judeus eram obrigados a viver em guetos. Eram áreas reservadas aos israelitas, onde eram trancados durante a noite. Só podiam sair de dia, vestindo chapéus, roupas ou ombreiras que os identificassem. Tinham de voltar aos guetos em horários rigorosamente determinados.

Os judeus também não podiam se dedicar às profissões que os cristãos exerciam. Assim, como a Igreja proibia a usura (ágio), isto é, emprestar dinheiro cobrando um porcentual do valor emprestado, os judeus assumiram o papel de usurários (agiotas). Embora fosse uma ocupação amaldiçoada pelos seguidores do cristianismo, reis e nobres faziam bom uso do dinheiro dos judeus.

Na época de Shakespeare, a medicina europeia era muito atrasada e cercada de superstições. Para se ter uma ideia, o comandante do exército do Papa Alexandre VI, César Bórgia (1475?-1507), foi submetido a um "inovador" e "infalível" tratamento contra a sífilis de que padecia. Seu médico o mergulhou na carcaça recém-aberta e ainda quente de uma mula. É claro que, apesar do sacrifício do animal e do doente, a intervenção não teve qualquer resultado.

Engelhart of Haselbach, em The Edgar Chronicle Herzog-August Bibliothek Wolfenbutter

Judeus sendo executados por cristãos. Cristo crucificado sugere a aprovação do tratamento a eles dispensado.

Os judeus, ao contrário dos médicos europeus, eram versados na avançada medicina árabe. Por isso, também tinham permissão de exercer essa ocupação. Muitos membros da realeza tinham médicos judeus a seu serviço, como era o caso da rainha Elisabete I e o seu médico judeu-português Roderigo Lopez.

Em Veneza, apesar de serem confinados ao gueto e obrigados a usar chapéus que os identificassem, os judeus eram menos perseguidos que em outros lugares, como Espanha e Portugal. Como a cidade era um dos mais importantes centros mercantis europeus, frequentada por mercadores do mundo todo que ali se estabeleciam, a lei veneziana garantia os direitos desses forasteiros. Em *O mercador de Veneza*, Shylock representa o estrangeiro que se apega firmemente à lei como única forma de se manter em nível de igualdade com os prestigiados cidadãos venezianos — neste caso, Antônio.

A mulher na Renascença

Apesar de a trama de *O mercador de Veneza* atrair a atenção do espectador (ou do leitor) para as tragédias de Shylock e Antônio, a peça é, na verdade, uma comédia romântica centrada na ideia da conquista da felicidade. De uma forma sensível e ao mesmo tempo revolucionária, Shakespeare coloca a mulher em pé de igualdade com o homem, algo impensável no Renascimento.

Mesmo com as evoluções e revoluções trazidas pela Renascença, o *status* das mulheres continuou, como na Idade Média, relegado ao segundo plano. Elas eram consideradas "guardiãs do lar" e não tinham qualquer direito. Até seu dote e sua herança passavam a ser propriedade do marido. Na Inglaterra, elas eram, assim como as crianças, "para serem vistas, não ouvidas". Uma mulher que expressasse sua opinião em uma conversa arriscava sua reputação, uma vez que isso era marca de conduta imoral. Pior ainda se elas lançassem mão da retórica, pois isso era considerado pura sedução. É por isso que Pórcia se apresenta como homem para defender Antônio: em um tribunal, ninguém ouviria os argumentos de uma mulher.

A comunicação entre homens e mulheres era, portanto, muito restrita e formal. O mundo dos homens era tão diferente do mundo das mulheres que os gêneros se estranhavam. Por isso, era natural que as grandes amizades fossem feitas entre pessoas do mesmo sexo, como a que se vê em *O mercador de Veneza* entre Antônio e Bassânio. Eram tão unidos, que Antônio não hesita em arriscar perder uma libra da própria carne para ajudar o amigo a conquistar a amada dos sonhos.

Elisabete I, rainha da Inglaterra, uma das mulheres mais poderosas da Renascença.

Ao colocar Pórcia para defender um réu ilustre como Antônio, Shakespeare eleva as mulheres a uma condição semelhante à dos homens. Ela é capaz de resolver o difícil caso de forma ousada e inteligente — algo que, na época, não era esperado do "belo sexo". O argumento usado por Pórcia para livrar Antônio de ter um naco da sua carne cortado parece implausível nos tribunais modernos. Mas a defesa de Pórcia tem, de fato, base histórica: nenhuma corte de justiça permitiria uma pena que resultasse na morte (por hemorragia) de uma das partes que firmaram o contrato.

Pelos caminhos do mercador

Os recursos do teatro elisabetano eram bem poucos. Não havia cortina separando o palco do público. Por isso, as cenas começavam com a entrada dos atores por uma das duas portas laterais e terminavam com sua saída. Nas tragédias, os mortos eram carregados para fora do palco a fim de evocar mais dramaticidade.

O teatro elisabetano quase não tinha cenário. Quando se fazia necessário situar a cena, o nome do lugar aparecia no diálogo. No texto original de *O mercador de Veneza*, por exemplo, o nome da cidade é citado 19 vezes nos diálogos. Outra forma de caracterizar o local onde se passava a cena era vestir os atores, quando surgiam, de forma a indicar o local onde estavam. Assim, armaduras mostravam que os personagens estavam em uma batalha; uma cadeira ou banqueta sugeria que aquela cena se passava dentro de um recinto.

Diferentemente do texto elisabetano, para esta adaptação de *O mercador de Veneza*, Leonardo Chianca usou lugares e acontecimentos históricos para situar os personagens. Quando fala da ponte de Rialto, por exemplo, o adaptador menciona que ela foi recém-inaugurada, remetendo ao tempo em que a trama se desenvolve com uma situação real. Ela, que é a mais famosa das pontes de Veneza, foi construída em 1588, época em que Shakespeare escreveu sua história.

No começo do segundo capítulo, "A ambição de Bassânio", ao descrever a cena em que Antônio e Bassânio saem a passear, Chianca os coloca no Campo San Polo, uma linda praça que fica no distrito do mesmo nome, próximo ao coração da cidade. Durante o famoso carnaval de Veneza, o Campo San Polo é palco para encenações teatrais e área de dança.

Ken Wilson/Heritage Images/Other Images

Ponte de Rialto, projetada por Antonio da Ponte e Antonio Continuo, e construída entre 1588 e 1591.

O palácio Ca'd'Oro, um dos mais belos edifícios do Grande Canal de Veneza, com sua fachada de lápis-lazúli e mármores coloridos que se refletem nas águas do canal, também foi usado na descrição de Belmonte criada para esta edição. Aliás, outra característica desta adaptação é a valorização de Belmonte, aqui descrito como o "palácio" de Pórcia. Na verdade, no texto original de Shakespeare não há qualquer descrição desse lugar. O bardo apenas indica, na abertura das cenas que lá se passam, "Belmonte – Casa de Pórcia". Belmonte nem sequer existe de fato.

Ao recriar Belmonte como um "idílico palácio" situado "no continente, às margens do Adriático", Chianca contrapõe esse lugar a Veneza, marcando mais claramente as duas esferas em que a história flui. Uma dessas esferas é aquela quase mágica, produzida pela felicidade e pelo amor (personificados pelos casais Pórcia e Bassânio, Jéssica e Lorenzo, Nerina e Graziano) e a outra é a do trabalho, do dinheiro, do jogo envolvido em ganhar e perder (encarnado por Shylock e Antônio). Belmonte, o palácio de Pórcia, representa a primeira esfera, e Veneza, a segunda.

Para encontrar a felicidade que almejam, os amantes Bassânio e Pórcia se envolvem com a implacável realidade de agiotas, mercadores e tribunais. Os protagonistas arriscam aquilo que mais lhes é caro, pois, para Shakespeare, a felicidade nunca é alcançada com facilidade. Pórcia corre o risco de perder Bassânio fazendo-o escolher entre as três arcas para cumprir o desejo do pai; Bassânio, por sua vez, endivida-se, sem ter a certeza

Coleção Particular

FIORI POETICI
Raccolti nel Funerale
DEL MOLTO ILLVSTRE;
E Molto Reuerendo
SIGNOR CLAVDIO
Monte verde
Maestro di Cappella della Du-
cale di S. Marco.
Consecrati
DA D. GIO: BATTISTA
Marinoni, detto Gioue:
Maestro di Cappella del Do-
mo di Padoua
ALL' ILLVSTRISSIMI
& Eccellentissimi
SIG. PROCVRATORI
Di Chiesa di S. Marco.
In VENETIA, Presso Francesco Miloco.
Con Lic. de Sup. MDCXLIV.

O compositor veneziano Claudio Monteverdi (1567-1643) aparece na adaptação feita por Leonardo Chianca, recriando o cenário cultural no qual teriam vivido os personagens de *O mercador de Veneza*.

de que alcançará seu objetivo; Jéssica encara a possibilidade de ser amaldiçoada pelo pai ao fugir com Lorenzo; Shylock arrisca perder seu dinheiro; e Antônio, uma libra da própria carne. No final os obstáculos são superados e – a não ser para o amargo Shylock, que deseja apenas a vingança – a felicidade surge como recompensa final.

E então, cai o pano...

Palazzo Ducale — Veneza, óleo sobre tela de Canaletto (Giovanni Antonio Canal – 1697-1768).

Márcia Leite

Arquivo pessoal

Quem adaptou *O mercador de Veneza*?

Sou escritor e editor de livros. Com cerca de 30 livros infantis e juvenis publicados, vivo amplamente o universo da literatura – lendo, escrevendo, editando.

Como escritor, tenho me dedicado especialmente a adaptações de clássicos da literatura universal. De Homero a Cervantes, de Shakespeare a Mary Shelley, adaptar grandes autores é sempre um imenso desafio e uma grande responsabilidade. Ainda mais quando se trata de obras-primas, como este *O mercador de Veneza*, uma comédia teatral um tanto trágica de um dos maiores escritores de todos os tempos.

Adaptar *O mercador de Veneza* foi um desafio especial. Um dos motivos deve-se ao fato de a história se passar em Veneza, uma cidade atípica, diferente de todas as referências urbanas que conhecemos, um lugar onde o tempo se perdeu em meio à história dos povos. Outro fator é a história em si, uma trama em que a virtude dos personagens é posta à prova o tempo todo; em que a amizade, o amor e o desejo parecem confrontar-se com a frieza dos corações de alguns homens; em que os valores de uma sociedade e de uma época influenciam o julgamento moral e o destino de seus cidadãos.

Ler e aprender com os textos de Shakespeare, conhecer seus temas, seus personagens e seus sentidos é como navegar em todos os mares do planeta ao mesmo tempo e de uma só vez: um turbilhão de emoções, um grande prazer, uma ponte entre a mente e o coração.

Quem ilustrou *O mercador de Veneza*?

Sou Sergio Martinez (1937), nasci em Orizaba, México e estudei na *L'Academie de La Grande Chaumiere*, Paris. Quando muito pequeno me apaixonei pelos livros ilustrados. Muito rápido eu estaria desenhando "como nos livros" e, mais tarde, como os artistas que encheram a minha infância dessa obsessão que se converteu no meu *modus vivendi* de hoje. Quando cheguei em Paris, me senti como uma página daqueles velhos livros que me mostraram o caminho das livrarias e, depois, das editoras. Hachette foi, em Paris, o meu primeiro cliente. Mais tarde comecei a trabalhar em Genebra, Suíça, para editoras como Edito Service, Edita, SQP e também para estúdios de design gráfico como o *The Swiss graphic Design* do qual fiz parte durante muitos anos.

Em 1980 fui para Nova York e comecei a colaborar com Bantam-BBC, New American Library, Harper Collins, Reader's Digest, Disney Press-NY, Crossway Books, Random House, entre outros. Atualmente moro novamente no México, meu país, e comecei a colaborar com o Brasil, com a Scipione e ultimamente com a DCL, ilustrando *O mercador de Veneza*, de William Shakespeare.

Me sinto feliz no Brasil. (Mesmo que seja dentro das páginas de um livro!)

Este livro foi composto para a Editora DCL utilizando-se
as fontes PerryGothic, Amazone BT, Adobe Garamond e
KellyAnnGothic, no formato 16 x 23 centímetros.